# 茶聖(下)

伊東　潤

幻冬舎時代小説文庫

本文デザイン／芦澤泰偉

茶
Sen no Rikyu
聖
下

茶聖
Sen no Rikyu
下
目次

## 【登場人物一覧（登場順）】

**千利休（宗易）**　大永二（一五二二）年〜天正一九（一五九一）年
堺の魚問屋・田中与兵衛の子として生まれ、与四郎と名乗る。武野紹鷗に茶の湯を学び、宗易と号して侘茶を大成させる。信長・秀吉の茶頭を務め、天下人による茶の湯の政治利用を手助けした。後に「利休」という号を正親町天皇から贈られる。

**蒔田淡路守**　永禄二（一五五九）年〜文禄四（一五九五）年
またの名を雀部重政。豊臣秀吉・秀次の家臣。利休の弟子だった関係で、秀吉から取次役を命じられる。利休の切腹に際しては見届役を務め、一説に介錯を行ったという。

**今井宗久**　永正一七（一五二〇）年〜文禄二（一五九三）年
武野紹鷗の女婿。堺の商人。利休・宗及と共に、信長・秀吉の茶頭を務め、天下三宗匠の一人とされる。織田信長上洛時に矢銭を納めることで堺を救い、以降も信長と緊密な関係を築いていく。

**津田宗及**　生年不詳〜天正一九（一五九一）年
堺の豪商・天王寺屋の主。父（紹鷗の弟子）から茶の湯を学ぶ。利休・宗久と並ぶ天下三宗匠の一人で、信長・秀吉の茶頭を務めた。とくに秀吉と親しく、その茶頭として良好な関係を築いていた。

**織田信長**　天文三（一五三四）年〜天正一〇（一五八二）年
室町幕府の歴代将軍が秘蔵した名物道具（東山御物）を継承したことで、茶の湯を政治的に利用することを思いつき、「御茶湯御政道」を創始する。茶の湯の認可制や土地の代わりに茶道具を下賜するなどの独特の施策を展開した。

**羽柴（豊臣）秀吉**　天文六（一五三七）年〜慶長三（一五九八）年
天下人となった後、信長の「御茶湯御政道」を継承し、茶の湯の政治的利用を推進する。利休と表裏一体となり、禁中茶事や北野大茶湯を開催し、桃山文化の中心に茶の湯を据えた。演能にも傾倒し、晩年は自らの事績を謡本に書かせ、自ら舞うほど力を入れていた。

**山上宗二**　天文一三（一五四四）年〜天正一八（一五九〇）年
堺の商人にして利休の直弟子。秀吉の茶頭となるが後に放逐され、小田原の北条氏の許に身を寄せる。小田原合戦の際、使者として秀吉の許に伺候するが、再び勘気をこうむり、耳と鼻を削ぎ落されて磔刑に処される。

**長次郎**　永正一三（一五一六）年〜天正二〇（一五九二）年
安土桃山時代を代表する京都の陶工。利休の依頼した楽焼（黒楽・赤楽）茶碗の創始者となる。渡来人の父が阿米夜と名乗っていたため「あめや長次郎」とも呼ばれる。

**りき（千宗恩）**　生年不詳〜慶長五（一六〇〇）年
利休の後妻。利休の影響で茶道具や茶事に精通し、女性茶人の嚆矢となる。千少庵（連れ子）の母、そして千宗旦の祖母として、千家隆盛の礎を築く。

**千紹安（道安）**　天文一五（一五四六）年〜慶長一二（一六〇七）年
利休の長男。少庵の異母兄。秀吉の茶頭八人衆の一人。利休没後、細川忠興の茶頭となる。堺千家の祖となるが後継者がおらず、堺千家は一代で途絶える。

**黒田孝高(官兵衛、如水)** 天文一五(一五四六)年~慶長九(一六〇四)年

秀吉の謀臣となって天下取りを助け、豊前中津城主となる。利休に傾倒した大名茶人でもあり、文芸や芸術全般への造詣が深い。関ヶ原合戦を機に徳川方に転じ、福岡藩五十二万三千石の祖となる。

**千少庵** 天文一五(一五四六)年~慶長一九(一六一四)年

利休の後妻・りきの子であり、利休と血のつながりはない。利休の娘と結婚する。利休没後は蒲生氏郷の許に蟄居するが、後に許され、京千家の創始者となる。

**石田三成** 永禄三(一五六〇)年~慶長五(一六〇〇)年

秀吉の奉行として太閤検地などの民政に手腕を発揮する。茶人が政治に参画するのを嫌い、利休との折り合いは悪かったと伝わる。後の関ヶ原合戦で没落した。

**ルイス・フロイス** 一五三二年~慶長二(一五九七)年

ポルトガル出身のカトリック司祭(イエズス会士)。一五六三年に来日し、熱心に布教活動を行う。記録を残すことにも力を発揮し、信長・秀吉時代を書いた著作『日本史』等は貴重な史料となっている。

**織田信雄** 永禄元(一五五八)年~寛永七(一六三〇)年

信長の次男。信長没後は秀吉傘下の大名となるが、小牧・長久手合戦で秀吉に敵対する。後に許されて小田原合戦に従軍するも、戦後に移封を渋ったことで秀吉に追放される。秀吉の御伽衆を経て、その没後には家康に接近し、五万石余を与えられて大名となる。

**ノ貫** 生没年不詳

京の商家に生まれ、武野紹鷗の弟子になったとされるが、詳細は不明。世俗と距離を置くべく京都・山科に暮らし、独自の侘茶を追求した。北野大茶湯で秀吉に賞賛される。

**古田織部** 天文一二(一五四三)年~慶長二〇(一六一五)年

信長・秀吉に仕えた大名茶人にして利休七哲の一人。二代将軍・秀忠の茶頭となり、独特な造形美の織部焼を創案する。しかし大坂の陣で不穏な動きをしたことで、家康と秀忠に切腹を命じられる。

**高山右近** 天文二一(一五五二)年~慶長二〇(一六一五)年

キリシタン大名にして利休七哲の一人。信長・秀吉に仕え、摂津高槻城主や明石城主などを歴任。秀吉の伴天連追放令にも信仰を捨てず改易に処される。その後、前田利家・利長に仕えるも、徳川幕府の禁教令にも改宗せず、国外追放とされてマニラで客死する。

**ガスパール・コエリョ** 一五三〇年~天正一八(一五九〇)年

ポルトガル人。イエズス会士。インド・ゴアでカトリック司祭となる。秀吉から布教の許可を得るが、キリシタン大名に軍事援助を行うなど不穏な動きを示し、秀吉や家康の禁教令を誘発する。

**大友宗麟** 享禄三(一五三〇)年~天正一五(一五八七)年

九州北部六カ国を領有したキリシタン大名。フランシスコ・ザビエルの導きでキリシタンとなる。大名茶人としても知られ、多くの名物を所有した。大坂城に来た折、秀吉と利休の案内で黄金の茶室を見学し、その詳細な記録を残した。

**前田利家**（まえだとしいえ）　天文七（一五三八）年〜慶長四（一五九九）年

前田家（金沢藩）の始祖。信長・秀吉に仕え、秀吉没後は秀頼を補佐した。利家の死後に勃発した関ヶ原合戦に際し、息子の利長が東軍についたことで、加賀百万石の礎が築かれた。茶会に参加した記録は少なく、茶の湯にはさほど耽溺しなかった。

**宇喜多秀家**（うきたひでいえ）　元亀三（一五七二）年〜明暦元（一六五五）年

備前・美作・備中半国五十七万石余の大名にして五大老の一人。関ヶ原合戦で西軍に与したため、八丈島に配流され、そこで生涯を終える。若くして没落したこともあり、茶会記にその名を見ることは少なく、茶の湯に傾倒した形跡はない。

**細川幽斎**（ほそかわゆうさい）　天文三（一五三四）年〜慶長一五（一六一〇）年

足利義輝・義昭、信長、秀吉、家康に仕えた当代屈指の文化人・大名茶人。茶の湯は武野紹鷗に学び、利休とは相弟子の関係。茶の湯は武士にとって欠くことのできないものと唱え、「知らぬは恥」とまで言い切った。

**羽柴秀長**（はしばひでなが）　天文九（一五四〇）年〜天正一九（一五九一）年

秀吉の弟で大和郡山城主。秀吉の補佐役として、秀吉に意見のできた唯一の存在。穏やかな性格の人格者で調整能力に優れ、キリシタン大名や利休とも緊密な関係を築いていた。茶の湯や諸文化への造詣も深く、多くの名物を所持し、茶会への参加も多い。

**徳川家康**（とくがわいえやす）　天文一一（一五四二）年〜元和二（一六一六）年

信長と秀吉同様、茶の湯を政治の道具として扱い、武家社会に浸透させる。二代将軍・秀忠と共に古田織部や小堀遠州を重用するが、名物の収集にはさほど熱心ではなく、茶会も侘を尊び、簡素を旨とした。

**神谷宗湛**（かみやそうたん）　天文二〇（一五五一）年〜寛永一二（一六三五）年

博多の豪商にして茶人。貿易により巨万の富を築き、信長と秀吉に接近、秀吉の九州平定や文禄・慶長の役でも協力した。博多商人の筆頭として栄華を極め、詳細な茶会記録『宗湛日記』を残している。

**細川忠興**（ほそかわただおき）**（三斎）**　永禄六（一五六三）年〜正保二（一六四五）年

細川幽斎の嫡男。信長・秀吉・家康に仕え、豊前小倉藩初代藩主、熊本藩藩祖となる。妻・ガラシャは明智光秀の娘。利休七哲の一人で、利休の茶風を忠実に継承したとされる。

**蒲生氏郷**（がもううじさと）　弘治二（一五五六）年〜文禄四（一五九五）年

信長・秀吉に仕え、伊勢松ヶ島城主、会津若松城主を歴任。利休七哲の一人で、利休没後、秀吉の命で預かった千少庵を会津若松で庇護し、千家存続の恩人とされる。

**伊達政宗**（だてまさむね）　永禄一〇（一五六七）年〜寛永一三（一六三六）年

独眼竜と呼ばれた仙台藩藩祖。小田原合戦に遅参して改易となるところを、利休らのとりなしで助かり、豊臣大名となった。秀吉の死後は家康に接近し、六十二万石の大領の主となる。書をよくし、茶の湯、和歌、演能にも通じる文化人としても名を成した。

# 第四章

# 聖俗

# 一

利休が堺の屋敷に戻ると、山上宗二が高野山行きを命じられたという話が待っていた。

数日後、大坂に向かった利休は、秀長に面談を求めて経緯を聞いた。

それによると、秀長が九州から戻ると、宗二が大和郡山城から追い出されていたという。秀長あての宗二の書き置きが残されており、そこには突如として現れた石田三成の使者から、「高野山に登るように」と告げられたと書かれていた。

これを知った秀長は、秀吉に「わが茶頭を勝手に追放されては困る」と訴えたが、秀吉は「茶頭は家臣ではない」とにべもなかったという。

高野山行きを命じられたということは、いつ何時、死罪を申し渡されるか分からない。

秀吉の真意を探るべく、利休は秀吉と二人になる機会を探ったが、秀吉は多忙を極めており、なかなか会ってはくれなかった。

九月初め、秀長と利休は高野山に行く機会を得た。秀吉が檀越（だんおち）として寄進した高野山金剛峯寺金堂の落慶法要が行われることになり、秀長が秀吉の名代として赴くことになったのだ。その供の一人として、利休も随伴することになった。

九十九折谷（つづらおりだに）にある総門をくぐって壇上伽藍に詣でた一行は、豪壮な構えの中門を経て、高野山の本堂となる金堂に至った。

金堂の前では、千人にも及ぶ僧侶が列を成して秀長を迎えた。

落慶法要は盛大に行われ、秀長と利休は高僧や老僧たちと精進料理を共にした。

翌日も儀式は続いた。それが佳境を迎えた三日目の夜のことだった。利休の宿坊に秀長の使者が現れ、秀長が泊まっている僧坊に宗二が来ていると伝えてきた。

秀長の居室に案内されると、すでに秀長と宗二は向き合って話をしていた。

秀長への挨拶を済ませると、利休は勧められるままに二人の間に座した。

宗二が頭（こうべ）を垂れつつ言う。

「此度は突然のことで、私にも理由が分かりません。ただ、かようなことになったからには覚悟を決めております」

古来、高野山に登らされた者の多くは、時の権力者から死を賜ってきた。高野山送りとは、死出の旅路の支度をしておけということの暗喩でもあった。

秀長が怒ったように問う。

「何の覚悟を決めるのだ」

「死を賜る覚悟です」

「なぜに、そなたが死なねばならぬ」

それについて宗二は何とも答えない。

秀長が無念そうに言う。

「九州陣で、わしは兄上に島津の赦免を説いた。その時、兄上は言った。『そなたは宗二の傀儡か』となし
「小一郎様」と利休が秀長に言う。

「それは違います。小一郎様は己の意思で正しきことをなさったのです」

「分かっている。だが兄上は、わしが諫言するようになったのは、宗二のせいだと思い込んでおる。つまり宗二が死を賜ることになれば、わしが責を負わねばならん」

「そんなことはありません」

　宗二が言下に否定する。

「私が死を賜るのは自業自得。ただ一つ無念なのは、世の静謐を見てから死ねぬことです」

「そう言ってくれるか」

　秀長が目頭を押さえる。

「そなたらは商人にもかかわらず、己の命を顧みず、この辛いばかりの世を生きるに値するものにしようとしておる。それに引き換え武士たちは、兄上の勢威に恐れをなし、這いつくばって言いなりになっておるだけだ。何とも情けないものよ」

「ありがたきお言葉」

　宗二が頭を垂れる。

　――このお方がいれば、殿下は抑えられる。

　利休は確信を持った。

「それでは小一郎様から、宗二の助命をお口添えいただけますか」

「尊師、それでは、なおさら殿下と小一郎様の間に溝ができてしまいます」

「そなたは黙っていろ！」

宗二が口をつぐむ。

「やってみるのは構わぬが——」

「やはり難しいと——」

「うむ。わしから言い出せば藪蛇（やぶへび）になるやもしれん。だからといって何もしなければ、時ならずして兄上の命を奉じた使者が参るであろう」

「では、どうすればよいと——」

「かくなる上は、宗二に出奔させるしかあるまい」

宗二が顔色を変える。

「そんなことはできません」

憤然として横を向く宗二を利休が諭す。

「宗二、しばしのことだ。殿下は気まぐれ。ほとぼりが冷めれば気分も変わる。それを見計らい、わしから赦免の話を出してみる」

「しかし、どこに隠れるというのです。どこに逃れようと、見つかれば突き出されるのが落ちです」

秀長と利休が腕を組んでうなる。

「いかにも、その通りだ。しかし――」

利休ははたと気づくと言った。

「相州小田原ではどうでしょう」

宗二が気乗りしないように言う。

「小田原とは北条ですな。しかし北条は殿下の天下を認めず、三河殿に味方しております」

秀長が話を替わる。

「そうだ。だが、その前に江雪斎(こうせつさい)らと話し合い、北条を臣従させる段取りを付ける。さすれば自然な流れで、宗二も赦免される」

江雪斎とは北条家重臣の板部岡(いたべおか)江雪斎のことだ。江雪斎は使者として畿内に来ることが多く、そうした際に利休とも親しくなり、その弟子となった。

だが宗二は口を真一文字に結び、不満をあらわにしている。

「宗二、小一郎様は、これほどそなたのことを気に掛けておいでだ。そなたはそれに応えねばならん」

唇を震わせつつ、しばし考えていた宗二がうなずく。

「分かりました。お言葉の通りにいたします」

秀長がほっとしたように言う。

「よかった。だが、わしから小田原に書状を出すわけにはまいらん。宗匠から江雪斎に出してくれ」

「承りました」

「宗二」と秀長が言う。

「北条家の者たちとは仲よくするのだぞ」

「分かっております」

「それならよい」と言って、秀長がため息を漏らした。

「お疲れですか」

「いや、わしも年老いた。ここのところ、どうにも疲れが取れん」

今年、秀長は四十八歳になる。

宗二のことばかり考えていたので、利休は迂闊だった。

「これは気づかずご無礼仕りました。今宵はここまでとしましょう」

「うむ。そうするか」

宗二が威儀を正す。

「小一郎様、これでしばしのお別れです」

「そうだな。またいつの日か、そなたの茶が飲める日を楽しみにしておるぞ」

「いつかぜひ――」

感極まったのか、平伏する宗二の声が上ずる。

――さような日が来ればよいのだが。

利休には、二人が再び相見(あいまみ)えることがない気がした。

別れ際、利休は宗二に一言だけ諭した。

「宗二よ、小田原ではおとなしくしておるのだぞ。大望を抱く者は何事にも耐えねばならん」

「分かりました。いつの日か、再び小一郎様に茶を献じるまで、隠忍自重いたします」

――小一郎様といい、宗二といい、皆が望んでいるのは世の静謐だ。同じ思いを持つ者の輪を広げていけば、いつの日か大輪の花が咲くかもしれん。

神韻たる高野山の夜気の中、利休は決意を新たにした。

## 二

九月七日、ようやく利休は秀吉に目通りを許された。この時、利休は秀吉にある提案をした。

「九州平定が成り、また聚楽第が落成したことを祝し、大きな催しを行うべきでは――」

「大茶湯だと」

秀吉の金壺眼が大きく見開かれる。

天正十四年（一五八六）の二月に着工された聚楽第は、秀吉が帰陣した後の九月に完成した。

「大茶湯か。面白そうだな」

秀吉が膝を打つ。

「公家や武士だけでなく、民にも茶の湯を敷衍していく手段が大茶湯なのです」

「そうか。禁中茶会で帝や朝廷を、大茶湯で下々を手なずけるというわけか」

「そうです。これにより民を茶の湯に執心させることができれば、下剋上など考える者はいなくなります」

秀吉が身を乗り出す。

「で、どうやる」

「貴賤や貧富の垣根を取り払い、若党（下級武士）、町人、百姓に分け隔てなく参加を呼び掛けるのです。釜しか持っていない者は釜だけ持ち寄ればよし。茶葉の買えぬ者は『麦こがし』で茶を点てればよし。後は一人に畳二畳の場所を与え、薄縁や筵を持ってこさせるだけです」

麦こがしとは裸麦を炒って粉末にしたもので、茶葉が手に入らない際の代用品として使われていた。

「なるほど、それならかなりの人数が集まりそうだな。で、どこでやる」

秀吉の目が輝く。秀吉はこうした催事が大好きで、しかも大規模であればあるほど乗り気になる。

「北野天満宮の松原がよろしいかと――」

「そうか。あそこなら十分に広いな」

「はい。すでに宮司に渡りをつけてあります」

「さすが利休だ。手回しが早いな。だが人は集まるだろうか」

「殿下主催の大茶事を行うと喧伝（けんでん）すれば、数寄者が諸国から詰めかけてくるでしょう。それでもご心配なら、殿下の茶道具を披露する場を設け、さらに殿下や私が茶を供することにしたらいかがか」

「このわしが、そこらの百姓に茶を出すのか」

「そうです。気が進みませんか」

「いや、面白い趣向だ。そうなれば多くの者が、われ先にと集まるだろうな」

「それでは津田宗及（そうぎゅう）殿や今井宗久殿も茶を点てることとし、誰に当たるかはくじ引きで決めるという趣向では」

「それはよい。くじに当たった百姓が、わしらの点てた茶を飲むというのだな。まさに天下万民が『一視同仁（いっしどうじん）』するというわけか」

　秀吉が高笑いする。

「一視同仁」とは「一期一会（いちごいちえ）」と並ぶ茶の湯の根本思想で、誰でも平等に遇し、一切の差別をしないという意味だ。

「これにより茶の湯を下々にまで敷衍させられます。さすれば今様の茶道具も飛ぶように売れます」

「そなたの狙いはそこにあるのだな。いつもながら知恵者よの」

秀吉が下卑た笑みを浮かべる。

「よろしければ諸方面への根回しと、もろもろの支度に掛かります」

「そうだな。早くやれ」

「では、来春の二月頃の開催ということで、よろしいですね」

「いや、待て。わしはすぐにやりたい」

「すぐにと仰せになられても、冬になると人も集まらず、寂しいものになります」

京を取り巻いている地には山が多く、雪が降れば人の行き来が途絶してしまうこともある。そうなれば、来たくても来られない者が出てくる。

「わしは冬にやれとは申しておらん」

「ということは――」

「来月ではどうだ」

利休は秀吉の気の早さに戸惑った。

「それは、ちと難しいかと」

「何を申すか。九州平定と聚楽第落成という祝い事があったにもかかわらず、半年も延ばせば、皆も興醒めしてしまう」

秀吉は一度言い出したら後に引かない。

「承知しました。では、十月下旬の開催ということで、よろしいですね」

「上旬だ。どうせなら早い方がいい」

「いや、それはどうかと――」

「場所が確保できているなら、人は集まる。どうせなら十月朔日ではどうだ。そうだ。そうしよう」

――かくなる上は、できる範囲のことをやるしかないな。

やれやれと思いながらも、利休は秀吉の希望を聞き入れざるを得なかった。

まず利休は、高札を京、奈良、堺の三カ所に立て、数寄者たちに以下の内容を知らせた。

・十月一日から十日の間、北野松原で茶の湯興行が催される

・貴賤貧富を問わず、希望する者は参加できる
・美麗を禁じ、倹約を好み、質素で構わない
・関白殿下が数十年にわたって集めた名物道具を飾る

つまり誰もが自由奔放に自分の侘数寄(わびすき)を表現し、さらに秀吉秘蔵の名物も見られるという趣向だ。

『太閤記』によると、この高札を見た侘数寄の面々は、「なんともありがたい御代(みよ)に出会ったものだ。名物茶道具を見ることもできるし、われら侘数寄の名誉を示す機会も与えられた」と言って喜んだという。かくして、前代未聞の規模と趣向による大茶会、「北野大茶湯」が挙行されることになる。

三

天正十五年（一五八七）十月一日、北野天満宮の境内は、「天下の盛儀」に参加しようという数寄者たちと、それを一目見ようという人々で膨れ上がっていた。

——何とか間に合ったな。

準備期間は一月もなかったが、利休は身を粉にして働き、初日を迎えられた。

北野天満宮の拝殿に入ると、まず中央に鎮座した黄金の座敷が目に入る。それを挟んで平三畳の座敷が左右に置かれ、それぞれに「秀吉数十年求め置きし諸道具」、いわゆる「大坂御物（ごもつ）」と呼ばれる秀吉自慢の茶壺、掛物、茶碗、花入、台子（だいす）の四つ飾りなどが並べられている。

その中には、「新田肩衝」「初花肩衝」「似茄子（にたりなす）」といった大名物もあり、参加者には、それらの縦覧が許された。

さらに拝殿の四隅には、秀吉、利休、津田宗及、今井宗久の四人の茶席が設けられ、希望者は事前のくじ引きで、誰の座敷で茶を喫するかが決まることになった。

拝殿の外の北野松原には、老若男女千五百から千六百人に及ぶ数寄者たちが薄縁や筵を敷き、思い思いの趣向を凝らした茶亭を設け、それぞれの侘を競い合っていた。公家の設え（しつら）た屋根付きの立派なものから、一化（いっか）の松葉囲いの茶亭やノ貫（へちかん）の朱塗りの大傘の座など、その多彩さは侘というものの懐の深さを物語っていた。

利休が拝殿内に設えた己の座に着くと、すぐに最初の客たちがやってきた。一度に三人から五人が一つの座敷に通され、同時に拝服する。

黙って茶を点てるのも無粋なので、初対面の相手には名と仕事を聞き、顔見知りには家族の動向などを問うことで、利休は座を持たせた。

四人の茶席は盛況を極め、四人のうちの誰かから茶を振る舞われた者は、この日の午前だけで八百三人に及んだ。

午後になり、さすがに利休も疲れてきた。給仕役の少庵がやってきて、ほかの三人は休みを取りながら茶を点てていると告げてきた。茶を点てるという行為自体はさして体力を要さないが、入れ代わり立ち代わり現れる人々と会話を楽しみながら茶を点てるのは神経を使う。さすがに腹も減ってきたので休みを取ろうかと思っているところに、秀吉がやってきた。

秀吉は上機嫌だった。

「利休、松原の賑わいが、ここまで聞こえてくる。一緒に散策しないか」

「はっ、喜んで」と言って利休が腰を上げる。

北野松原は立錐(りっすい)の余地もないほどの賑わいを見せていた。それでも秀吉の姿を認めると、誰もが左右に道を開けて頭を下げる。茶亭で歓談していた者たちも、立ち上がって畏まる。

そうした中、秀吉は笑みを浮かべ、「よいよい、続けろ」と言って歩いていく。

「利休、思っていた以上の盛儀だな」

秀吉が肩越しに言う。

「はっ、ここまでとは思いませんでした」

「それにしても、かような盛儀を思いつくとは、そなたは希代の知恵者よの」

「いえ、私などは――」

「私など何だ」

秀吉が意地の悪そうな笑みを浮かべる。

「一介の茶人にすぎません」

「よき心掛けだ。それを忘れぬ限り、そなたの一身は安泰だ。だが――」

秀吉が足を止めて顔を寄せてくる。独特の口臭が鼻をつく。

「それを忘れた時はしまいだぞ」

――わしを威嚇しているのか。

威嚇をする者は何かに怯(おび)えているからだと、かつて高僧から聞いたことがある。

――殿下はこの盛儀を見て、茶の湯の素晴らしさも恐ろしさも感じたに違いない。

歩を進める秀吉の背には、畏怖の二文字が張り付いていた。

北野松原には、様々な趣向を凝らした座が設えられていた。それぞれに与えられた空間は二畳敷だが、厳密な決まりではないので、少し広めのものもある。たいていは板壁や衝立(ついたて)を使って二面か三面を囲っているが、単に筵の上に薄縁を敷いただけの座もある。板壁や衝立には、個々が所有する自慢の絵画や墨蹟が掛けられている。茶を喫し終わった後は、お決まりの道具談義になるのだろう。そこかしこから茶に関する蘊蓄(うんちく)が聞こえてくる。

――これが十日にわたって行われるのだ。この盛儀が終わった時、茶の湯は永劫(えいごう)の生命を得る。

雨後の溢(あふ)れ水のように、茶の湯が民の末端にまで広がっていく様を、利休は想像した。

――草深い鄙(ひな)の地でも茶会が開かれ、道具について語られていく。それによって世に静謐がもたらされるのだ。

利休が満足げにうなずいたその時、秀吉の前に何者かが転がり出た。

「無礼者！」

近習が瞬く間に取り押さえる。

「何用か！」

秀吉が問うと、両肩を押さえられ、その場に這いつくばわされた者が顔を上げた。

その片目は白底翳で白く濁り、その歯は欠け落ちてほとんどない。毛髪は後方にわずかに残っているだけで、顔には無精髭が生えている。

――ノ貫、か。

「そなたは何者か！」

近習に誰何され、ノ貫は名乗ったが、秀吉はノ貫など知る由もない。

「比奴は誰だ」

おぞましい生き物でも見つけたかのように、秀吉が顔をしかめる。

ノ貫の代わりに利休が答えた。

「ノ貫という名の隠遁者です」

秀吉の赤みの多い目が、利休に向けられる。

「そなたの顔見知りか」

「はい。古い友です」

利休が丿貫を助け起こす。

「それなら、この無礼を大目に見てやろう。よいか——」

秀吉が丿貫をのぞき込む。

「わしの前に飛び出してきた者は、童子だろうと犬だろうと斬られる。それがこの国の決まりだ」

「お願いの儀があり、御前に飛び出しました」

丿貫が利休の耳元に囁く。

「この者が、ぜひ茶を振る舞いたいとのことですが——」

「何だと。戯れ言もほどほどにせい。そなたのような下賤の者の座などに——」

秀吉が周囲を見回す。すでに人だかりができ、秀吉の次の言葉を待っている。

「面白い！　そなたの茶を所望しよう」

秀吉としては断るわけにはいかない。そんなことをすれば、茶の湯の「一視同仁」の思想に反するからだ。

「利休、そなたも来い」

――まずいことになった。

ノ貫に狙いがあるのは明らかだ。むろんノ貫は褒美や名利がほしいのではなく、秀吉に何かを諫言したいに違いない。

「殿下、下賤の者におかしなものを飲まされて、腹を痛められてはたいへんです」

「それなら、そなたが先に毒見をせい」

秀吉も馬鹿ではない。鴆毒によって暗殺を図ろうとしている者がいるかもしれないので、毒見役を常に同行させている。

――その役をわしにやれというのか。

「分かりました。私が毒見をします」

利休が正客の座に着くと、秀吉がその横に座した。その座には朱塗りの大傘が立て掛けられ、粥のこびりついた手取釜、古びた茶入、色の褪せた茶杓、割れの入った井戸茶碗一個が並べられていた。

風炉の炭火を熾した後、ノ貫が手前を始めた。

秀吉は警戒心をあらわにしながら、その点前を見ている。

ノ貫が古びた茶入から麦こがしのようなものを取り出し、色の褪せた茶杓ですくい、井戸茶碗に入れた。

「どうぞ、試されよ」と言いつつ、ノ貫が利休の前に茶碗を置く。

「ノ貫よ――」

「何だ。毒など入っておらぬぞ」

「分かっておる。おぬしは――」

「まずは飲め」

致し方なく利休が茶を喫した。

――うまい。

ただの麦こがしかと思っていたが、ノ貫は何かを混ぜたらしい。

その簡素な設えの茶亭や茶道具といい、それに反するような美味な茶といい、ノ貫が何らかの境地に達したのは明らかだ。

――おぬしは、わしの与り知らないところで精進していたのだな。

利休は、己が置いていかれたような寂しさを覚えた。

――ノ貫が精進している間、わしは精進していただろうか。茶の湯の権威者として崇められ、さらなる上を目指していなかったのではないか。

「利休、どうだ」と秀吉が問う。

「はっ、毒など入っておりません」

利休の使った茶碗を拭った後、ノ貫が茶を点てて秀吉の前に置いた。

「では、いただく」と言って秀吉が喉を鳴らす。

「うまい。これは何だ」

秀吉の目が大きく見開かれる。

「麦こがしに、新茶と山で取れる薬草を少々混ぜたものです」

「それがこんなにうまいのか」

「はい。十年かけて取り合わせました」

「こいつはまいった！」

秀吉が後頭部に手を当てて笑う。

「その取り合わせとやらを、後で利休に伝えておけ。褒美を取らす」

「そんなものは要りません」

「要らぬのはそなたの勝手だが、取り合わせは聞くぞ」

秀吉が強い口調で釘を刺す。

「それは構いませんが、いかに取り合わせを伝えたとて、同じ味は出せません」

ノ貫は自信に満ちていた。

「ほほう。それほど難しいのか」

「はい。茶の湯とは、何人（なんぴと）なりとも同じものを生み出せないところに値打ちがあります。水から湯の加減など、茶人個々が苦労して会得したものだけが、味になって醸し出されるのです」

「それらをすべて利休に伝えても、同じものを味わえぬと申すか」

ノ貫が見えない目で利休を見回す。

「この者では無理でしょうな」

「ほほう、面白い！　そなたは名人を超えているわけか」

「茶の湯に名人も下手もありません。茶の湯は個々の侘をいかに表していくかだけです」

「それはそうだが――」

「それを威権で飾り、政（まつりごと）に利用しようなどという輩（やから）は名人どころか、茶を喫したことのない下人同然でしょう」

「ノ貫、たいがいにしろ！」

利休がたしなめたが、秀吉は平然としている。

「いや、面白い。続けろ」

「茶の湯とは道です。道は長く険しいものです。その道を、茶人たちは歯を食いしばって歩んでいかねばなりません。それで、ようやく己の侘を見出すのです。それゆえ今日を境に、どうか茶の湯を解き放ってはいただけませんか。政と一体化した茶の湯など、私には――」

感極まったのか、ノ貫の声が上ずる。

「耐えられないほどおぞましいものです」

「それは違う」

利休が口を挟む。

「侘とは、修験のように激しい修行の果てに見つけるものではない。朝起きて雀の声を聞いただけで、己の侘を見出せる者もいる。修行など要らず誰にでもすぐに見出せる。それが茶の湯の真髄だ」

「おぬしは己の生き方を否定されたくないから、そう申しておるだけだ。おぬしの存在は、茶の湯にとって百害あって一利なしだ」

　ノ貫の舌鋒が鋭くなる。

「茶の湯を政に密着させ、汚したのはどこの誰だ。次の天下になれば、茶の湯は皆に忌み嫌われ、誰もが見向きもしなくなる」

「次の天下か」と秀吉が呟く。それを聞いた利休は慌てた。

「この者の申す次の天下とは、殿下のお世継ぎの時代を指しております」

「そんなことはどうでもよい。それよりも、この者は何が申したい」

　秀吉が利休に問う。

「茶の湯をほかの嗜みと同然の地位に戻し、求道者だけのものにせよと申しております」

「ははあ、つまり、このノ貫とやらは、茶の湯をそれほど尊いものだと言いたいのだな」

「仰せの通り」とノ貫が言う。

「このノ貫、己の侘を見つけるために半生を懸けてきました」

それを聞いた秀吉の目つきが変わる。

「それはそなたの勝手だ。だが茶の湯は求道者だけのものではない」

「しかり」とうなずく利休に反発するように、ノ貫が秀吉に問う。

「では、これからも政と茶の湯は共に走っていくと仰せなのですね」

「そうだ。茶の湯によって武士たちの荒ぶる心を鎮め、世を静謐に導く。それこそが、天がわしと利休に下した使命なのだ」

秀吉が胸を張らんばかりに言う。

「殿下、そろそろ次へ参りましょう」

利休が秀吉を促す。

「そうだな。ノ貫とやら、そなたの話は面白かった。後で褒美を取らせる」

秀吉が立ち上がると、ノ貫が呼び止めた。

「殿下、お待ちを」

「まだ何かあるのか」

「その者にご注意召されよ」

「その者とは利休のことか」

ノ貫がうなずく。

「ははは、面白いことを言う」

「かような者は殿下の天下にとって害毒となるだけ。さっさと放逐するのがよろしいでしょう」

「利休、どうだ。そなたは友にまで嫌われておるようだぞ」

秀吉が黄色い歯を見せて笑う。

「ノ貫、そなたの言葉を忘れないようにしておく」

さも面白いと言わんばかりの顔で、利休とノ貫を交互に見ていた秀吉は、高笑いしながらその場を後にした。

「ノ貫――」

「何だ」と言ってノ貫が、すでに立ち上がった利休を見上げる。

「心遣い、痛み入る」

それに対して、ノ貫は何も言わずに道具を拭っている。

――ノ貫は、殿下から茶の湯とわしを遠ざける機会をうかがっていたのだ。だが、もう手遅れだ。そなたは己の道を究めてくれ。わしは殿下を抱いて死の淵をのぞく。

利休が心の中で言う。その気持ちはノ貫にも十分に分かっているはずだ。ノ貫の心遣いに深く感謝し、利休はその場を後にした。

# 四

利休を従えた秀吉は、様々な茶亭や座敷を歩き回った。だが半刻（約一時間）もすると、それにも飽きたのか拝殿に戻ると言い出した。

その帰途、秀吉が問うてきた。

「利休、この催しを十日まで続けるのか」

「はい。高札にはそう記しました」

「もう皆、飽きているのではないか」

「そんなことはありません。茶人たちの顔には笑みが溢れております」

「それはよいが、わしも十日間ここにおらねばならぬのか」

「それは、すでにご承知いただいていることでは」

秀吉が飽きっぽいのは知っていたが、自ら主催した大茶湯で飽きてきたと言われても困る。

「ふわーあ」と秀吉が大欠伸を漏らす。

「殿下、明日は明日で、また新たな数寄者が趣向を凝らした座敷を用意しておりますぞ」

利休が秀吉の気を引くように言ったが、秀吉は明らかに気乗りしていない。

「拝殿に戻って、並んでいる者たちにまた茶を点てるのか」

「はい。殿下の茶を待っている者が大勢おりますので」

「もう疲れた」

「では、奥でお休み下さい。殿下のくじを当てた者たちも、われら三人で応対いたします」

もはやそれ以外に手はなかった。

その時、遠方からざわめきが近づいてきた。近習たちが秀吉の前を固める。しかし血相を変えて走ってきたのは石田三成だった。

「殿下、たいへんです！」

「どうした」

常は冷静な三成が大声を上げたので、周囲の緊張が高まる。

「肥後で一揆が起こり、佐々殿が劣勢に陥っております」

「何だと、そんな馬鹿なことはあるまい」

秀吉は九州各地で豊臣軍の威勢を見せつけてきた。それゆえ豊臣大名に盾突く者など出るはずがないと思っていたのだ。

「いや、これは真説（事実）です」

三成が経緯を説明する。

肥後国の四分の三ほどを拝領した佐々成政は、秀吉から「肥後の国は統治が難しいので、三年は検地せず、一揆を起こさせないように」と申し付けられていた。だが成政は事を急いで検地を行ったため、国人たちの猛反発を食らったというのだ。

「いかがいたしますか」

「九州諸大名に陣触れを出し、討伐軍を派遣しろ。万が一の場合に備え、毛利ら中国衆にも後詰の支度をさせておけ」

「分かりました。至急、手配します」

「よし、わしも大坂城に戻る」

三成が走り去ると、秀吉は「帰るぞ」と周囲に命じた。

突然、秀吉の周囲が慌ただしくなる。

「殿下、お待ちを」

利休が追いすがる。

「大茶湯はどうなさいますか」

「見ての通り、そんなことをやっている場合ではない。大茶湯は今日限りで取りやめとする！」

「しかし――」

「後のことは任せたぞ」

それだけ言うと、秀吉は行ってしまった。

利休は唖然として、その場に立ち尽くすしかなかった。

大茶湯が中止となったので、北野天満宮は混乱状態になった。数寄者たちは落胆して酒を飲み始め、そこに遊女がやってきて盛り上がっている。

そうした混乱の中、利休は陣頭指揮を執り、秀吉所有の名物を片付ける作業に没頭した。名物を紛失するわけにはいかないので、利休自ら個々の名物を確かめ、手ずから箱に入れ、大坂に送り届ける手配をした。

それが終わった頃には、日は西に傾き、大半の数寄者たちの座敷も片付けを終わっていた。酒盛りをする者もいなくなり、北野天満宮の境内は閑散としていた。

利休が私物の片付けを始めていると、宗及がやってきた。

「利休、聞いたぞ。此度は災難だったな」

宗及は利休より一つ年上の六十七歳だが、豪放磊落（らいらく）な性格は若い頃から変わらない。

「肥後で大乱が起こったようなので、致し方なきことです」

利休が落胆を隠さずに答える。

「それにしてもこれだけの盛儀が、たった一日で終わるとはな――」

「いかにも。この盛事を十日続ければ、下々にまで茶の湯の魅力を浸透させられたのですが」

宗及は眉間に皺（しわ）を寄せながら、首を左右に振った。

「もはや殿下の心は読めぬ」

「ということは、やはり肥後のことは方便にすぎぬと――」

「たかが一揆の鎮圧だ。これだけの盛儀を一日で終わらせることもないだろう」

「殿下の移り気には困りましたな」

「いや、それだけではないようだ。今、小耳にはさんだのだが――」

宗及が声を潜める。

「どうやら殿下は、茶の湯の力を侮っていたと側近に漏らしたらしいのだ」

「お待ち下さい。では大茶湯を終わりにしたのは、肥後の一揆でも殿下の移り気でもなく、茶の湯に対する畏怖と仰せか」

「それらが複雑に絡み合っているのだろう。宗久殿もそう言っていた」

「宗久殿は――」

「体調が優れぬとのことで先に帰った」

「そうでしたか。此度の支度で無理をなされていたと聞きましたので、宗久殿にとっては、大茶湯が一日で終わったことは幸いでしたな」

利休が「では、日も暮れますので」と言って、その場から離れようとすると、

「まあ、待て」と背後から呼び止められた。

「まだ何か――」

「ああ、これは宗久殿とも話したのだが、われらは降りることにした」

宗及が何とも気まずそうな顔で言う。

「降りるとはいかなる謂ですか。何事も率直に仰せになって下さい」

「分かった。よく考えたのだが、ここから先の道は危うすぎると思うのだ」

「何が危ういと——」

「殿下との道行きよ」

啞然とする利休に、宗及が言い訳がましく畳み掛ける。

「ここまではわしと宗久殿も、そなたと力を合わせてきた。だが、ここから先の道は危うすぎる。これ以上、下手に動き回れば、殿下の勘気をこうむり、われらは死罪、堺は火の海にされる。それゆえ、われら二人はもう——」

「手を引きたいと仰せか」

「そうだ。われらは、そなたのように命をなげうってまで世のために働くことなどできぬ。孫の顔を見ながら、余生を過ごしたいのだ」

自分よりもはるかに度胸があると思ってきた宗及が、そんなことを言い出すとは思わなかった。

「すでに気づいていると思うが、ここ何年かの宗久殿の不例（体調悪化）も、政と距離を取るための方便だった。わしはそれを聞かされていたが、そなたを見捨てるわけにもいかず、ここまで共に歩んできた。だが、もう限界だ」

　宗及が悲しげな顔で言う。

「それで、堺とも縁を切ってほしいのだ」

――つまり向後（こうご）は、わし一人で戦いを続けねばならないのか。

　利休は故郷の堺から決別を告げられたのだ。

――だが、それならそれで構わん。

　利休の闘志は、これくらいのことでは衰えない。

「宗及殿、これまでありがとうございました」

「ということは、そなたはこの勝負をまだ続けるのか」

――勝負、か。

　宗及の目から見ても、天下人と一介の茶人は勝負をしてきたのだ。

「私は降りるつもりはありません。もちろんお二人を責めることもしません。お二人は堺衆の長老です。万が一、私が殿下の勘気をこうむった時、その怒りが私一個で収まるよう、つまり堺に害が及ばぬよう、うまく根回しいただければ幸いです」

「そう言ってくれるか」

宗及が感極まったように俯く。

「それぞれの道は、それぞれが決めればよいのです。他人がとやかく言うことではありません」

「そなたは――、そなたはわしらを許してくれるのか」

「当然のことです。われら三人は、幼き頃から堺の町を走り回ってきた仲ではありませんか。しかも共に老境に達し、死を待つばかりの身。これまで堺のために身を粉にして働いてきたのですから、最後ぐらいは孫の手を引いて過ごしても、誰も文句を言えますまい」

宗及が唇を震わせる。

「われらだけでなく、堺全体が手を引くということを分かってくれたのだな」

宗及が言わんとしているのは、残る堺衆も利休と距離を取り、いざという時、利休を救うために力を尽くさないという意味だ。

――いつの間にか、わしを蚊帳の外に置き、そんな話が進んでいたのだな。さすが堺商人だ。

利休は内心、苦笑いした。

「もちろんです。ここから先は一人で行きます。ご心配には及びません」

「すまぬな」

宗及は深く頭を下げると、利休に背を向けて去っていった。

——随分と小さくなった。

かつて堂々と胸を張り、堺の町を闊歩していた宗及が、今は小さく見える。

人もまばらとなった北野天満宮の境内で、利休は孤独な戦いに挑む覚悟をした。

## 五

当初、佐々成政勢を圧倒していた肥後国人一揆だったが、十月になり、秀吉の動員令を受けた九州・四国の諸大名が押し寄せると、十二月にはその息の根を止められた。

この戦いに参加した一揆は五十二家に及び、うち四十八家の当主が討ち死にまたは降伏後に処刑されている。これにより秀吉は、国人たちの国と呼ばれた肥後国の平定を完了した。

だが、この話を風の噂で聞いた利休は心を痛めた。

――また多くの者たちが死んだのか。

大坂にやってきた神谷宗湛によると、肥後国は灰燼に帰し、耕作地を失った人々は流民と化して国内をさまよっているという。


清冽な寒気の中、利休は珍しく家族四人で朝餉を取っていた。

汁物から上がる湯気が室内を漂う中、紹安が言った。

「父上は、われらのやろうとしていることを、義母上と少庵に告げておらぬようですね」

りきと少庵が唖然として紹安を見る。静かな室内に不穏な空気が漂う。

「紹安、後にしろ」

利休が厳しい声音で言う。

「下手をすると二人とも連座させられます。その覚悟をさせておかないと――」

「黙れ」と、利休が紹安を制する。

「あなた様――」と、りきが遠慮がちに言う。

「私は無学な女です。政のことも、あなた様がやろうとしていることも分かりません。でも――」

一瞬、躊躇（ちゅうちょ）した後、りきが強い声音で言った。

「少庵を一蓮托生とすることだけは――」

「そなたは黙っておれ！」

「義父上（ちちうえ）」と今度は少庵が言う。

「千家の者となったからには、覚悟ができております。どうか包み隠さずお話し下さい」

利休が黙っていると、紹安が口を挟んできた。

「父上、私の口から二人に伝えますか」

「いや」と言って紹安を制した利休は、これまでの経緯と今後の見込みを話した。

「という次第だ。殿下の勘気をこうむれば、わしの命は吹き飛ぶ。その時は――」

利休は一拍置くと言った。

「そなたらまで連座させられるやもしれぬ」

「あなた様は、それほどのことをやろうとしていたのですね」

　りきの声が震える。

「義父上のやろうとしていることは意義のあることです。この少庵、微力ながら――」

「そなたにできることではない！」

　紹安が決めつける。

「義兄上（あにうえ）、何を仰せか！」

　二人は同い年だが、紹安が数カ月早く生まれているため、兄弟の序を付けていた。

「よいか少庵、人にはそれぞれ向き不向きがある。そなたには、そなたに向いた仕事がある」

「私に、いつまでも義父上の給仕でいろと仰せか」

　少庵が珍しく感情をあらわにする。

「では聞くが、そなたには明日、いや、今日にも死ぬ覚悟があるか」

「あります。私も大義のために生き、大義のために死にたいのです！」

「ふざけるな！」

膳を蹴倒して少庵の前に進んだ紹安が、少庵の胸倉を摑む。右手は今にも殴ろうと高く掲げられた。

「ああ、ご容赦を」

りきが紹安の袖にすがる。

「そなたには、父上のお気持ちが分からんのか。そなたを危うい場から遠ざけ、千家を残そうという――」

「もうよい」と利休が制した。

それを聞いておとなしく座に戻ると、紹安が利休に問うた。

「父上、宗及殿と宗久殿が、『降りた』と聞きましたぞ」

「なぜ、そなたがそれを知る」

紹安は昔から早耳だった。

「私にも堺衆に知己はおります」

「そうだったな」

「ここからはあまりに危うい道です。供は私だけで十分。義母上と少庵をどこかにお隠し下さい。場合によっては離縁を──」

利休が首を左右に振る。

「そんなことをしても無駄だ」

豊臣政権の探索力をもってすれば、日本中どこに隠れようが見つけ出される。その上、形ばかりの離縁などすれば、なおさら秀吉の怒りを買うだけだ。

いつもは気弱そうにしている少庵が、勇を鼓したかのように言う。

「義父上と義兄上にわが身を案じていただくのはありがたいことですが、私とて千家の者です。天下静謐のために、この一身をなげうつ覚悟はできております」

続けて、遠慮がちにりきも言う。

「私とて利休の妻。主が大義を掲げて戦うのなら、この一身がどうなろうと構いません」

「もうよい」

そう言うと、箸を置いた利休が立ち上がる。

「紹安、茶でも飲むか」

「望むところです」

利休の後に紹安が付き従った。

千家の堺屋敷の茶室は四畳半南向きで、一尺四寸の炉が切ってあるだけの紹鷗風の質素な小座敷だ。

弱々しい冬の日差しが南に向いた躙口と左手上の下地窓から漏れる中、父子は対峙した。

「父上、茶を点てないのですか」

端座する利休を見て紹安が問う。

「話があって呼んだ。茶は要らぬことだ」

「ははは」と紹安が高らかに笑う。

「いかにも、その通り」

「そなたは、わしのやっていることから少庵を遠ざけようというのだな」

「仰せの通り。少庵では茶坊主ほどのこともできますまい」

紹安が小馬鹿にしたように言う。

「分かっておる。それゆえ、わが後事は古田織部殿に託した」

「後事とは、われらが滅んだ後のことですな」

「われらとは――」

「父上と私。そして宗二殿」

「宗二もか」

「はい。もはや、われらは助かりますまい」

「死ぬのはわしだけで十分だ」

利休がため息をつく。

「そうは仰せになっても、父上は宗二殿を小田原に逃がしましたな」

紹安は耳も早いが、その意味を察することにかけても無類の才を発揮した。

――過ぎたる息子か。

その才気溢れる息子も、利休は巻き込んでしまったのだ。

「わしの狙いが分かっていたのか」

「はい。宗二殿を小田原に逃がしたのは、後日の和睦交渉のためですね」

「それもある」

秀長の前で露骨に言うわけにはいかなかったが、そうした含みもあった。

「いざという時、北条方から小一郎様に詫び言を入れさせる。その仲介を宗二殿にやらせるという腹積もりですね」

今更ながら、紹安の洞察力には感心させられる。

「そうだ。殿下は必ず北条を攻める。北条とて抵抗するだろう。さすれば多くの者が死に、関東の沃野も荒れ果てる」

秀吉の自己肥大化は、もはや利休一人の手に負えなくなっていた。しかし頼みのキリシタン勢力は駆逐され、利休を支えていた堺衆の後援も得られない。

――それでも、かろうじて小一郎様の言うことだけは聞く。

利休は、それを寄る辺にするしかなかった。

「総見院様は土地が足らなくなるのを見越し、茶事を認可制にし、名物の価値を途方もなく高めました。殿下もその考えに同調し、父上の助言によって様々な工夫を凝らし、茶の湯を敷衍させせようとしたまではよかったのですが――」

「殿下が土地に回帰しつつあるというのだな」

「そうです。このままでは、殿下は版図拡大に回帰します」

――つまり戦乱は続くということか。

それが秀吉の罪とは言い切れない。土地は富を継続的に生み出すが、茶道具ではいかに価値を高めようが、所持しているだけでは富を生み出せず、売ってしまえば一時金を手にするだけだ。

「では、どうしたらよいのか」

「最小限の損害で、未来永劫、富を生み出すものを見つけることでしょうな」

「それは何だ」

紹安がにやりとした。

# 六

天正十六年（一五八八）の正月行事は前代未聞の盛儀となった。

豊臣の天下が定まったことで、秀吉の家臣、諸大名、国人、公家、僧侶、神官、商人らが、列を成すようにして祝賀を述べに大坂城にやってきた。その接待で利休も大わらわだった。

一方、肥後の国人一揆は沈静したが、その弁明のために大坂にやってこようとした佐々成政は、秀吉の命により尼崎で足止めを食らい、その地で切腹を命じられる。

正月の諸行事も一段落した六日、秀吉は上洛を果たし、十三日には足利義昭と共に参内して後陽成天皇に拝謁した。

形式的とはいえ、これにより前政権の主権継承者が豊臣政権を認めたことになり、以後、朝廷は「武家の総意としての豊臣政権」という扱いをしていくことになる。

一方の足利義昭は室町幕府再興をあきらめた形になり、その見返りとして秀吉から一万石を賜った。

またこの時、秀吉は後陽成天皇に聚楽第行幸を申し出ている。これにより「後陽成天皇の聚楽第行幸」という天下の盛儀が四月に挙行されることになった。

諸大名にも大坂に来るよう命令が伝えられ、忠義面をしたがる者は、二月下旬頃から大坂に集まり始めた。

その数日後、ようやく利休は、大坂に戻った秀吉と二人になれる機会を持てた。

大坂城内山里曲輪（くるわ）の御広間で待っていると、秀吉が「利休の茶を喫するのは久方ぶりよの」と言いながら入ってきた。

平伏する利休の背後にあるものを見て、秀吉の足が止まる。

「これは何だ。今日の趣向は変わっているの」

利休の背後に立つ屏風（びょうぶ）に近づいた秀吉は、それをじっくりと眺めた。

「この八曲一隻の屏風をご覧になったことはありませんか」

「待てよ」と言いつつ、秀吉がわずかに伸びた顎鬚（あごひげ）をしごく。

「ああ、思い出した。これは総見院様お気に入りの屏風ではないか」

「仰せの通り。本日の趣向にと思い、織田中納言様から借りてまいりました」

織田中納言とは信長の次男の信雄（のぶかつ）のことで、信長の遺産の一部を受け継いでいた。

利休はこの屏風を秀吉に見せるべく、二畳敷を使わず御広間に秀吉を招いていた。

「それにしても変わった趣向よの」と言いつつ、秀吉が座に着く。

ちょうど利休の背後に、屏風が見渡せる形になる。

「仰せの通り、茶事とは縁遠い絵柄です」

その屏風は、「四都図」と呼ばれ、イスタンブール、ローマ、セビリア、リスボンの欧州の四つの都市が描かれていた。

「そうか。わしにこの屏風を見せるため、御広間で茶事を行うと申したのだな。今更そなたが、台子の茶事を行うのはおかしいと首をかしげておったのだ」

十六世紀、スペインやポルトガルの世界進出が本格化し、世界の最東端の日本にも到達した。大航海時代である。彼らが大海に漕ぎ出したのは、交易による利潤を求めてのものだったが、交易と一緒になったイエズス会の教線も、日本にまで伸びてくることになる。

宣教師たちはキリスト教を布教すると同時に、欧州文化（南蛮文化）や科学の先進性を伝えることで、日本をキリスト教国化しようとした。そうした多方面からの「圧力」が、布教には効果的だと知っていたからだ。こうしたことから、欧州の文物が日本に流れ込んできた。とくに欧州の様子が描かれた絵画は日本人に衝撃を与え、異世界への憧れをかき立てた。

中でも南蛮屛風は好まれた。日本には額縁に絵画を入れて飾るという習慣がなかったので、気に入った絵画を鑑賞したり、招待した客に見栄を張ったりするには、掛軸と並んで屛風が最適だった。

とくに「四都図」は、その壮大さから信長の心を捉えた。

当時のヨーロッパは、イスパニア（スペイン）のフェリペ二世が王統の絶えたポルトガルを合法的に併呑（へいどん）することで、セビリアとリスボンという二大港湾都市を支配下に置き、欧州の交易の約半分を独占していた。その結果、フェリペ二世は欧州で並ぶ者のない富と権勢を手にし、「欧州半国の王」と呼ばれた。

「この屏風を見つめながら総見院様は仰せになられました。『富を生み出すのは港なのだ』と」

「覚えておるぞ。足利義昭公を奉じて上洛を果たした総見院様が、真っ先に押さえたのは琵琶湖（びわこ）南端の大津と、瀬戸内海東端の堺だった。その時、わしは不思議だったが、後に総見院様の真意を知り、その深慮遠謀に舌を巻いたわ」

「上洛した時から、総見院様は港を押さえようとしておられました。フェリペ二世の話は、それを後押ししただけです」

　信長の父にあたる信秀は、伊勢湾交易網を掌握して莫大な財を築き、それを元手に守護代家の一奉行から尾張半国の領主になった。それを見て育った信長には、富を生み出すのは土地ではなく港だという認識が染み付いていた。それゆえ永禄十一年（一五六八）、足利義昭を奉じて上洛するや、琵琶湖舟運の要の大津と、同じく瀬戸内交易網の中核を担う堺を真っ先に押さえたのだ。

「しかしわれら武士は、一所懸命という観念から脱せられず土地をほしがった」

「仰せの通り。それゆえ総見院様は、領土を広げる戦を行わざるを得ませんでした」

「ああ、そうだったな」

信長のことを思い出したのか、秀吉が懐かしそうな顔をする。

「そして殿下は、総見院様に倣(なら)って大坂に本拠を移し、瀬戸内海を押さえました」

信長は本願寺から大坂を奪うために十年余という貴重な歳月を使い、結局、それが足枷(あしかせ)となって、天下人となる前に死を迎えねばならなかった。

「その運上金や関税(せきぜい)だけで、わしの懐には莫大な富が流れ込んできた」

煮立った茶釜から湯を注ぎ、利休が赤楽を秀吉の前に置く。

「あれは死の直前のことでした。総見院様は今井宗久殿、津田宗及殿、そして私を安土城に招き、『わしは大明国(みん)を制する』と仰せになりました」

「別の機会に、わしら武士にも、その通達があった」

「総見院様は、われらにこうも仰せになりました。『わしなら大明国を倒せるだろう。だがそれを成したとて、長く維持できるものではない。しかし港なら話は別だ』と」

「それはわしも聞いた。総見院様は寧波(ニンポー)・廈門(アモイ)・広州（香港(ホンコン)）・澳門(マカオ)といった明国有数の港を押さえ、そこに城を築き、西洋諸国との交易から上がる利益を独占するつもりでいた」

「まことにもって恐るべきお方でした」

「総見院様は不世出の傑物だった」

利休が感慨深そうに言う。

「あれほどのお方は、二度と現れません」

秀吉が何も答えないのは、自分を称賛せずに信長を褒めたたえたことに不満を感じているからだろう。むろん利休は、そんな秀吉の心中など見抜いている。

「総見院様は周到でした。その時のために、鉄甲船と呼ばれる巨船を九鬼嘉隆殿に命じて六隻も造らせたのですから」

「あれは凄かった。毛利水軍との戦いでも、存分に力を発揮した」

天正六年（一五七八）、信長は第二次木津川口の海戦で、鉄甲船を駆使して毛利水軍を完膚なきまでに打ち破った。そのため毛利水軍は同盟している本願寺に兵糧が搬入できなくなった。その結果、窮地に立たされた本願寺は天正八年に大坂からの退去を決定し、信長は遂に大坂を手に入れた。

「それだけではありません。総見院様は長浜城や坂本城の普請を通じて、港を抱え込むような惣構のある城の築城術も考案しました」

その技術が、後の文禄・慶長の役の際、朝鮮半島南端に築かれた倭城へとつながっていく。

「総見院様は、明軍が攻めてきても、陸側は高い城壁で砲撃を防ぎ、海側は鉄甲船によって明水軍を撃破すればよいと仰せだったな」

秀吉が感心したように言う。

「そうでした。総見院様が生きておられたら、殿下も異国の港に派遣されていたやもしれません」

「そうなっていたら、わしは海賊大将だ。今より面白かったかもしれんぞ」

秀吉が胸を弾ませるように言う。

「さすが殿下、こんな小さな国に未練はないのですな。それに引き換え明智様は――」

秀吉の金壺眼が動く。

「何が言いたい」

「今更ながら、明智様が総見院様を襲った理由に思い至りました」

秀吉の瞳が大きく見開かれる。

「それは本当か。明智を討った後、皆で話し合っても、その理由はついぞ分からなかった」

「仰せの通り、誰一人として分かる者はおりませんでした」

「それが、そなたには分かったというのか」

軽く頭を下げた利休が語り始める。

「寧波・厦門・広州・澳門といった異国の港を守備するのは、武勇だけでなく統治にも優れた総見院様股肱(ここう)の家臣たちになります。まず筆頭に挙げられるのは、明智殿や滝川一益(かずます)殿、そしてかつての羽柴秀吉殿かと――」

「それが、どうして本能寺襲撃に結び付くのだ」

「考えて下さい。当時、明智殿は五十五歳。しかも数寄や風雅を好むことにかけては、人後に落ちませんでした。公家、僧侶、茶人、連歌師といったなじみの人々も多くおりました。しかも総見院様のことです。異国の港を守備する将に選んだからには、国内の領国をすべて取り上げ、異国へと駆り立てたことでしょう」

「つまりそなたは、光秀めは、それが嫌で総見院様を襲ったと言うのか」

利休がうなずく。

「明智殿は小心者。かような者は追い込まれれば何を仕出かすか分かりません。これから外征が打ち続き、働きに働いているうちに死が訪れることに、明智殿は耐えられなかったのではありますまいか」

秀吉が感心したようにため息を漏らす。

「それが、本能寺の変のきっかけだと申すか」

「いえいえ、あくまで私の当て推量です」

利休が一歩引く。

「それで、そなたは何が言いたい」

「今の殿下の兵力、財力、威権は、往時の総見院様をも上回っております。今こそ、総見院様の計略を現（うつつ）のものとすべき時ではありませんか」

「そなたは、わしに総見院様の夢を実現せいと申すのだな」

「はい。殿下が大明国を制そうとしているのは承知しております。しかし大明国には耕地は少なく、荒れ野が広がっているだけと聞きます。しかも北半分は農耕に適していない寒冷地とか。土地から上がる収穫など知れたもの。それよりも港だけを押さえた方が、どれほどましか――」

「そうか」と言って秀吉が笑う。

「そなたは、わしが大明国を制さんとする戦いを、港を制するだけの小さなものにしようとしているのだな」

――ここが切所だ。

利休はあえて否定しない道を選んだ。

「はい。私は豊臣家千年の繁栄を見越して物を申しております」

「豊臣家千年か。大きく出たな」

秀吉は鼻で笑ったが、まんざらでもないのは、その顔つきから分かる。

「そうです。千年の栄華を保っていくためには、兵を損じずに富を蓄えておくべきかと」

秀吉が呆(あき)れたように笑う。

「だが利休、わしはまだ国内さえ統一しておらぬのだ。北条や伊達といったわしに従わぬ者たちをどうする」

外征は国内の統一あってのものだ。

——このあたりにしておくか。

秀吉に信長の構想を思い出させ、外征を小規模なものにさせようとした利休だったが、しつこいと底意を見破られるので、国内に話題を移すことにした。

「北条が従えば、伊達は何もせずとも頭を垂れてきます。まずは北条を従わせるべきかと」

「そんなことは分かっている。その時のために、そなたは宗二を小田原に逃がしたのだろう」

秀吉は、そのことを知っていた。

「あれは、あやつが勝手に逃げたのです」

「そんなことはあるまい。小一郎とそなたが逃がしたに違いない」

秀吉が茶碗を押した。もう一服飲みたいという意思表示だ。

「どうお考えになろうと構いませんが、いざという時は宗二に仲介役をさせます」

「いや」と言って、秀吉が首を左右に振る。

「北条から関東を取り上げる。さもないと配下に与えるものがなくなり、わが家の基盤が揺らぐ。だいいち、わしが家康を孤立させようとしているのは、そなたも知っておるではないか」

「しかし北条は手強い相手。こちらも相応の痛手をこうむります」

「覚悟の上だ」

――やはり北条は救えぬか。だが、それでもまだ手はある。

利休ら商人にとって、関東は無限の可能性のある商圏だった。だが豊臣政権と北条氏が敵対している限り、陸路も海路も自由に行き来できず、商売は思うように広がらない。

利休が薄茶を置くと、秀吉はしばしその泡立ちを眺めてから言った。

「北条を討ち、家康を討つ。そのためには布石が必要だ」

秀吉の顔が厳しい武士のものになる。

「それはいかなるもので――」

「家康は三河・遠江（とおとうみ）・駿河の三国を領有している。統治も行き届き、末端の百姓に至るまで家康を信奉していると聞く」

「あっ」と言って、利休が膝を打つ。

「つまり三河殿を関東に追いやると――」

「そうだ。それでも討伐が難しければ、伊達を討って家康を奥羽に移す。さすれば、さすがの家康も音を上げるだろう」

「いかにも――」

秀吉は秀吉なりに、家康を確実に討つ方法を考えていた。

「総見院様の夢を現のものとするのは、それからだ」

やはり秀吉は甘くなかった。

「しかし北条が臣従してくれれば、いかがいたしますか」

「その時は、まず武蔵・相模・伊豆三国のみの領有を許し、周囲から締め付けていく。それで折を見て、どこぞに移封する」

「それを断ってきたら」

「討つまでよ。豊臣政権は朝廷が認めたものだ。わしの命に従えぬ者は朝敵として討伐される。むろん――」

秀吉が前歯をせり出し、下卑た笑みを浮かべる。

「己の力だけを頼みとして関東の大半を制してきた北条が、たとえ朝命だろうと唯々諾々と従うとは思えん」

——そこを従わせねばならない。

利休は宗二と連携を取りつつ、北条をひれ伏させるつもりでいた。

## 七

四月十四日、後陽成天皇の聚楽第行幸が行われた。この行事こそ、秀吉が天下人となったことを満天下に示すもので、その華やかさは前代未聞とまで言われた。秀吉の上洛命令に応じた諸大名も京に参集し、連日様々な趣向の祝宴が繰り広げられた。

しかし関東の北条氏だけは、秀吉の呼び掛けに応じることなく沈黙を通していた。天皇の行幸中はこれに触れなかった秀吉だが、それが終わるや、北条氏を口汚く罵り、明日にも討伐の大号令を発するのではないかと、諸大名を震え上がらせた。

事情は定かではないが、後陽成天皇の聚楽第行幸を北条氏が無視した理由を、利休は理解できないでいた。このままでは、朝敵とするに十分な大義名分を秀吉に与えてしまうことになる。

畿内に流れてくる噂によると、北条氏は臣従の道を探りながらも、万が一の豊臣勢の関東侵攻に備え、「和戦両様」の構えを取っているという。

とくに「相府大普請」と呼ばれる小田原城の拡張は前代未聞の規模となり、商人町や農耕地ごと城内に取り込み、半永久的に籠城戦を行うことを目指した外周二里以上（約九キロメートル）の惣構までもが構築されていた。

――このままでは、たいへんなことになる。

豊臣勢の関東侵攻が始まれば、関東の沃野は焼かれて収穫もできず、民は飢えに苦しむことになる。そうさせないためには、様々な手を打っておかねばならない。

その最初の一手として、利休は家康の京屋敷を訪ねることにした。

夏が近づいたこともあり、家康の茶室前の庭は緑に包まれていた。その庭園は一木一草の種類や形まで吟味し、木漏れ日によってどう見えるかまで工夫しているように思われた。

――織部の作だったな。

その庭園と茶室が古田織部の手になるものだということを、利休は思い出した。

「宗匠がおいでになる前は、雨が降っていました」

土間庇の下に敷かれた飛石を渡りつつ、家康が言う。

「そうでしたね。それもあってか、緑が鮮やかです」

「それがしは無粋者ゆえ草の葉の色つやなど分かりませんが、言われてみれば、そんな気もします」

「草木にも喜びや悲しみがあります」

「それが分かるとは、さすが宗匠」

「茶人は四季の移り変わりを肌で感じ、草木の気持ちさえ読み取る力を持たねばなりません」

――そうしたことができなければ、しょせん己の侘など見つけられないのだ。

利休は、点前だけ上手な茶人を何人も知っていた。そうした者の点てる茶はまずく、茶室の会話も弾まない。

「さすがですな。それがしは戦しか能がありませんので、草木の顔色までは分かりかねます」

家康が声を上げて笑う。

雨に濡れた土壁を見つめつつ、二人は蹲踞で手を清めた。

家康を制するように利休が言う。

「今日は茶をやめにして、ここで話をしませんか」

利休が外腰掛けを指差す。

「なるほど。それはよき趣向。茶は誰かに点てさせ、ここまで運ばせましょう」

――さすが三河殿、わが心中を読んだか。

茶室で一客の茶事となると、どうしても向き合うことになる。向き合うというのは、心理的に対峙することになり、打ち解けた雰囲気を醸し出せない。そのため利休は、隣り合って座す外腰掛けで話したかった。

すかさず近習が蚊遣りを持ってくる。蚊遣りはヨモギなどの草を粉末状にして焚いたもので、蚊や虫を追い払う効果がある。

「この匂いは、夏がやってきたことを思い出させてくれます」

「それが、四季の移ろいを感じるということです」

「なるほど。それがしにも風雅の心はあるのですな」

家康が皮肉な笑みを浮かべた。そこには、「そんなものが飯の種になるか」といった気持ちが感じられる。

「ときに大納言様――」

「これまで通り、三河殿で構いません」

天正十五年（一五八七）八月、家康は秀吉の推挙によって大納言に任官していた。それゆえ秀吉をはじめとした諸将は「駿河大納言」と呼んでいた。

「では三河殿、ずばりお尋ねしますが、殿下の小田原攻めはあるとお思いですか」

「そのお話でしたか」

ちょうどその時、茶が運ばれてきた。

二人の前に卓子が置かれ、その上に台付きの天目が載せられた。

家康が濃茶を喫する。利休もそれに続く。

「で、いかにお考えですか」

家康が泰然自若として答える。

「それは殿下にしか分からぬこと。それがしは命じられるままに動くだけです」

「そうお答えになると思っておりました」

すでに利休は、秀吉から小田原攻めの話を聞いている。だからこそ家康に探りを入れたのだ。

「三河殿には、仲裁の労を取るつもりはありませんか」

「それは難しいかと」

濃茶を飲み干した家康が天目を置く。

「しかし戦となれば、関東は荒れ果てますぞ」

利休は思い切って手札を投げてみた。

「ははは、宗匠はご存じでしたか。それなら話は早い」

家康の目が武人のものに変わる。

「仰せの通り、殿下の意向により、それがしは関東に移封させられます。すなわち、北条には滅亡以外の道はありません」

「北条が滅亡しようが、私の知ったことではありません。それよりも豊臣勢によって関東の地を蹂躙(じゅうりん)されては、その後に関東を治める者は、さぞ難渋するのではないかと案じておるのです」

「その通りです。農民は逃げ散り、耕地は荒れ果て、むこう三年ほどは収穫も期待できません」

家康が他人事(ひとごと)のように続ける。

「北条には、此度の行幸に人を出すよう再三にわたって申し渡しました。しかし家中の考えが一致しておらぬのか、殿下の命令を無視する形になりました。これでは殿下の勘気をこうむるのは当然で、もはやそれがしにできることはありません」

家康は娘の督姫を当主の氏直に嫁がせており、また背後を固めるという意味でも、北条氏を存命させたいのだろう。

「そこを曲げて、何とかなりませんか」

家康が「やれやれ」といった調子で笑う。

「宗匠は少し火遊びが過ぎておるようですな。このままでは先に口を開けているのは――」

「死ですか」

「それが分かっていながら、この遊びを続けますか」

「はい。この世を静謐に導くことこそ、わが使命と心得ております」

家康がぎょろりと目を剝く。

「この世が静謐になれば、天下人が誰であろうと、宗匠は構わぬと仰せか」

家康が核心に迫る。

利休は濃茶に手を伸ばすと、口にした。蒸れるような草いきれと蚊遣りの匂いが混淆し、茶の味がしない。

――わが心は決まっている。

利休が思い切るように言う。

「この世は、一人のためでなく万民のためにあります。民の末端まで生きることを楽しめるようになれば、金も回り、われら商人も潤います。さような世を現出させていただける方こそ、天下人にふさわしいかと――」

家康の鬢から一筋の汗が流れ落ちる。

――三河殿も勝負を懸けたのだな。

もしも利休が秀吉の意を受け、家康の本音を探っていたとしたら、家康は明日にでも万余の兵で囲まれるだろう。秀吉は家康を討ちたいが、その大義がない。しかし天下の宗匠である利休が、家康から謀反の話を持ち掛けられたと言えば、その瞬間、秀吉は大義を得ることになる。

「宗匠、人の命とは儚いものですな」

「突然、何を――」

「どうせ明日にも失う命なら、宗匠のように大義のために生きたいものです」

「大義、ですか」

「そうです。宗匠は商人でありながら、そこらの武士よりも、はるかに肝が据わっている。武士であったら――」

家康は思わせぶりに一拍置くと、ちらりと利休を見た。

「一国一城の主どころか、天下を取っていたことでしょう」

「それは過分なお言葉」

天目茶碗を台に置くと、利休は頭を下げた。

「それがしも宗匠の大義を手助けしたい。だが、それがしにも立場があります」

「分かっています。三河殿一個のお考えで動けぬことは――」

「仰せの通り。五万の家臣とその妻子眷属を浪々の身にさせるわけにはいきません。しかし、それがしが戦を好まないのも事実。できるだけの手は尽くしてみます」

「ああ、何とお礼を申し上げていいか」

利休は家康を拝みたい心境だった。

「ただ、一つだけ気になることがあります」

家康の顔が曇る。

「何でしょう」

「近頃、殿下と信州国人の真田の間で、頻繁に使者のやり取りがあるようです」

「真田といえば、あの――」

第一次上田合戦で徳川勢を完膚なきまでに打ち破った真田昌幸は、家康にとって不倶戴天の敵だ。

「かの信州の山猿が、何やら策謀をめぐらしておるようです」

「どういうことですか」

「詳しいことは、それがしにも分かりません。ただ――」

家康が思わせぶりな口調で言った。

「大和大納言（秀長）なら何かご存じかもしれません」

そう言うと、家康が重そうに腰を上げた。

「年を取ると、体の節々が痛みます。もう若い頃のようにはいきません」

「いかにも」と答えて、利休も立ち上がる。

「もはや馬にも乗れないので、このまま何事もなく年老いていきたいものです」

家康が慈愛に溢れた顔を向ける。だがその言葉が、どこまで本音なのかは分からない。

「では」と言って家康が先に歩き出した。利休を中木戸まで送ろうというのだ。

その広い背を見ながら、利休は家康も若くはないことを、今更ながら思い出した。

## 八

天正十七年（一五八九）五月二十七日、秀吉に男子が誕生した。後の鶴松である。秀吉は狂喜し、大坂城は前代未聞の祝賀気分に包まれた。公家や諸大名は競うように贈り物を持ち寄り、秀吉はその答礼で金や銀をまくように与えた。

この頃、利休の周辺にも吉報がもたらされた。

前年九月、秀吉の勘気をこうむり、博多に配流されていた大徳寺住持の古渓宗陳（こけいそうちん）が、鶴松の誕生による恩赦で帰洛を許されたのだ。

かつて宗陳は、秀吉の命により信長の菩提を弔うべく天正寺の建立事業を進めていた。しかし突然、中止を通達され、秀吉に抗議したことで配流となった。

その背景には、天下が定まったことで、秀吉は莫大な経費を使い、信長の菩提を弔う寺を建立する必要がなくなったという事情がある。

利休は十歳年下の宗陳を禅の師として仰いできた。この年の初めには、大徳寺聚光院に多額の永代供養料を寄進し、亡父母の供養と、利休と妻りきの墓所を定めるほど帰依していた。

そのため帰洛にあたり、宗陳のために盛大な茶事を開いた。その席で利休は祝儀の意味を込め、大徳寺山門の造営費を寄贈することを約束した。宗陳は大いに感謝し、早速、「金毛閣」という名を付けて造営に着手した。この豪壮華麗な山門は年末に落成する。

利休が大坂にある秀長の屋敷を訪れたのは、八月のことだった。

「ご加減がよくないと聞きましたが」

「たいしたことはない。風病（風邪）を患っただけだ」

「それならよいのですが――」

秀長の顔は青白く生気がない。

「だが兄上は、病がうつることを嫌う。そのためここ一月、お会いすることが叶わなかった。だが、もう心配は要らん」

秀長が無理に笑みを浮かべる。

「それならよいのですが、小一郎様が臥せっておられる間、殿下は真田の使者と頻繁に会っていたようです。何かご存じのことはありませんか」

「ああ、そのことか」

秀長の顔が曇る。

「どうやら兄上は、後陽成天皇の聚楽第行幸にあたって、北条が使者の一人も寄越さなかったことに腹を立て、北条を討伐する方針を固めたらしい」

二百三十万石余の所領を有する北条氏を討伐するとなると、大合戦を覚悟せねばならない。たとえ勝ったとしても、関東の農民たちの苦痛は言語に絶する。

「関東征伐の大義を得るために、真田を動かそうとしているのではないだろうか」

秀長によると、この五月、秀吉は小田原に詰問使を送り、当主の氏直か隠居の氏政が大坂に来ることを命じたが、何の返答もないため、東国取次役の家康に説得を託した。

家康は北条氏に起請文（きしょうもん）を送り、「行かないのなら嫁にやった娘（督姫）を返してくれ」とまで言って促した。

さすがの北条氏も臣従を決意し、まず豊臣政権との取次役を担っていた一族の氏（うじ）規（のり）を、その後、隠居の氏政を向かわせると通達した。だがこの時、北条氏は交換条件のように、長らく懸案となっていた沼田領に関しての裁定を下してほしいと要請した。

天正十年（一五八二）の天正壬午（じんご）の乱終結後の国分け交渉で、甲信の占領地を家康に譲った北条氏は、代わりに上州全土を領有することを認めさせた。だが上州には、真田氏が実力で奪い取った沼田領がある。

この時、家康方となっていた真田昌幸は、家康から「信州で同等の替え地を与えるので、上州の所領を北条氏に引き渡すように」という指示を受けたが、これを拒否した上、徳川傘下から離脱し、越後の上杉景勝と同盟を結んだ。

これに怒った家康は、真田氏の信州上田城まで攻め寄せるが、惨敗を喫する。

以後、沼田領は真田氏が占拠したままとなっていた。それゆえ北条氏としては、豊臣政権の命により、沼田領を委譲させようとしたのだ。

この話を聞いた秀吉は、「沼田領三万石を三分割し、二万石を北条氏の、残る一万石を真田氏の領有とする。真田氏が失った二万石の替え地は、家康が弁済する」という沙汰を下す。これにより話はまとまり、十二月上旬に氏政が大坂に向かうことになった。

七月には、真田方が占拠していた沼田城が北条方に明け渡され、秀吉の裁定が実現する。真田方には、沼田領から分割された名胡桃領一万石が残された。

一方、沼田領は北条氏の上野戦線を担当してきた氏邦の支配下に入り、沼田城には城代として重臣の猪俣邦憲が入城した。

「これで兄上も矛を収めるつもりになった。むろん、そのうち北条を移封するつもりだが――」

「そこに真田が出てきたのですね」

「そうだ。真田は頻繁に使者を送ってきて、兄上に北条征伐を促しておるようだ」

利休は深いため息をついた。

「わしにも、どういう形で真田が絡んでおるのかまでは分からぬ。だが真田というのは希代の策士だと聞く。兄上に様々な入れ知恵をしておるやもしれぬ」

秀長が憎しみの籠もった眼差（まなざ）しで言う。

「真田は何を考えておるのですか」

「おそらく豊臣家の力で北条を滅ぼし、上野一国あたりを拝領しようという魂胆だろう」

——己の欲のために、多くの民を呻吟（しんぎん）させるのか。

利休には、そうした野望を持つ者が理解できない。

豊臣政権は、武士たちの野望や欲望の堆積の上に成り立っていた。武士たちの大半は民の苦悩など考えもせず、寸土を得ようとする。その典型が真田なのだ。

秀長が咳き込む。

「小一郎様、ご加減が悪いようですが」

「今年の風病は長引いて困る。だがもう大丈夫だ。早急に兄上にお会いし、真田ごときの話に耳を傾けぬよう諫言せねばならん」

「それは分かりますが、無理だけはなさらないで下さい。今、小一郎様に倒れられては、関東は焦土と化します」

「そうだな」

秀長が穏やかな笑みを浮かべる。

――このお方を失うわけにはいかん。

利休の胸中に、言い知れぬ不安がわき上がってきた。

## 九

九月末頃、久々に堺の屋敷に戻った利休は、近くに住むようになった紹安を呼び出した。

東陽徳輝（とうようてひ）の墨蹟を飾り、前席の懐石を終えた利休は、後席では「鶴の一声（ひとこえ）」と呼ばれる細口の花入に何も活けずに紹安を迎えた。

「いまだ花は活けませんか」

「ああ、客の心眼で花を見ればよいからな」

花入を飾りながら、花を活けずに水だけを入れるのは、利休がしばしば使う趣向だ。茶室の中で色鮮やかな花が際立ってしまうことで、茶室の様々な趣が死んでしまうことを避けたいからだ。

「花は客の心の内で咲けばよいと――」

「そうだ。何事も心の内にとどめておく。それが何をするにも最もよき方法だ」

「ははは、私にはできそうもありません」

「そなたに、そうしろとは言っておらん」

利休の顔にも笑みが浮かぶ。

「それは尻膨――」

利休が「尻膨」と呼ばれる茶入を珠光緞子の仕覆から出す。

「そうだ。ここのところ使っていなかったものだ」

「確かそれは、宗二殿が好んでいましたね」

「うむ。宗二は、このどっしりした丸みを好いていた」

利休が茶葉と湯を小井戸茶碗に入れると、清々しい香りが茶室内に満ちた。

利休が茶碗を置くと、礼法に則り、紹安が喫した。

「うまい。さすが父上、私のような者が相手でも、手を抜かないのですね」

「それが茶人の矜持だ」

「しかし息子に、これだけ丁重な茶事を行うということは、何かありますな」

「ああ、宗二のことだ」

「ということは、私に小田原に行けと仰せか」

「察しが早いな。こちらにいては北条方の動静が一切摑めん。豊臣勢によって小田原が囲まれる前に、誰かが中にいる宗二、そして板部岡江雪斎殿と通じ、われらと連携していかねばならん」

　紹安がにやりとする。

「その役目を私に担えと――」

「ああ、そなたなら周囲の者たちは、旅が当たり前だと思っている」

「ははははは」と紹安が膝を打って笑う。

「父上にとっては、息子の命など鴻毛よりも軽いのですな」

　利休の先妻は病に倒れた時、「息子のことをよろしくお頼み申し上げます」と繰り返し言ってから死んでいった。

　――その遺言さえ、わしは踏みにじろうとしているのだ。

「もちろん否はありません。この命、世を静謐に導くためなら、いくらでも差し出します」

「そう言ってくれるか」

利休の胸底から熱いものが込み上げてくる。

「父上の息子に生まれたからには、当然のことではありませんか。勝手気ままに生き、勝手気ままに死ぬ。これぞ茶人の行き着くべき境地です」

「できることなら、わしもそうしたかった」

なぜか本音が出た。

「そうか——、父上は籠の鳥だったのですね」

「ああ。だからこそ、山野を自由に飛べる鳥に託さねばならないことがある」

「でも一度飛び立った鳥は、二度と戻らないかもしれませんぞ」

「ああ、分かっている」

「それを聞いて安堵(あんど)しました」

二人が笑みを浮かべる。

——わしはよき息子を持った。否、友か。

紹安との関係が知らぬ間に変化してきていることを、利休は覚(さと)った。

「しかし父上」と紹安が不安げに問う。

「私が宗二殿と連携でき、北条家が唯々諾々と臣下の礼を取ったとしても、殿下が討伐の方針を固めていれば、関東は火の海になります」

「その時は次善の策がある」

「次善の策と――」

「そうだ。北条家は籠城を選択するだろう。その時はいち早く降伏開城させる。そなたは宗二を通して江雪斎殿を説き、何とか北条家中を説き伏せるのだ」

「それはまた、たいそうな役割ですな」

ひとしきり笑った後、紹安は真顔になって続けた。

「北条方に捕まって殺されるか、豊臣方に斬られるか、まあ、どちらにしても運任せですな」

「これは、そなたにしかできぬ仕事だ」

「分かっております。この紹安――」

紹安は威儀を正すと、深く頭を下げた。

「父上の息子に生まれたこと、茶人として、いや人として、これほどの果報はありません。謹んで御礼申し上げます」

そう言うと紹安は、大柄な体を折るようにして躙口から出ていった。

――やはり、わしはよき息子を持った。

内奥から何かが込み上げてきた。

――人は穏やかな生涯を送るよりも、大義のために生き、大義のために死ぬことの方がよほど幸せだ。それをわが息子は心得ておる。だからこそ、わしは静謐な世を作り出さねばならぬ。

気づくと利休は拳を握り締めていた。

十

紹安が東国に向かって間もない十月十日、古田織部が利休の大坂屋敷にやってきた。織部は利休の高弟の一人というだけでなく、利休のやろうとしていることのよき理解者でもある。

急用ということだったので、利休は茶の用意もせず、織部を茶室に通して話を聞くことにした。

「いかがなされた」

織部が険しい顔をしているので、利休は嫌な予感がした。

「殿下から諸大名に対し、陣触れが発せられました」

「やはり関東ですか」

「はい。行き先は関東とのこと」

秀吉はこの日、大坂にいる諸大名ないしはその家老たちを招集し、「来年関東陣御軍役之事」という話をした。言うまでもなく小田原北条氏討伐の陣触れだ。

「北条は殿下に対し、臣下の礼を取ると聞いていましたが」

この十二月、北条氏では隠居の氏政を大坂入りさせ、秀吉に臣下の礼を取ることになっていたが、そうした表の動きとは別に、真田昌幸を中心とした裏の動きが着々と進んでいたのだ。

「すでに殿下は兵糧奉行に長束（なつか）正家殿を任命し、二十万石もの兵糧の調達を命じています」

「そこまで話が進んでいるということは、殿下は北条を赦免するつもりはありませんね」

「そう思っていただいてよいでしょう」

「徳川殿はそれをご存じか」

「もちろんご存じのはず」

それなら利休から使者を出す必要もない。

「では、知らぬは北条だけというわけですか」

「おそらく」

——どうすべきか。

ここで秀吉に諫言したところで、聞く耳を持たないのは明らかだ。

「織部殿、小一郎様は何と仰せですか」

「それが——」

「まさか小一郎様は、いまだ快癒なされておらぬのですか」

「はい。此度の陣触れには使者を送ってこられましたが、大納言ご本人は臥せったままです」

織部がため息をつく。

「それで、殿下の御出陣はいつになるのでしょう」

「九州征伐に出発した日と同じ三月一日だと聞いております」

秀吉は縁起を担ぐことが多く、大勝利に終わった九州陣に倣い、来年の三月一日を自分の出陣日に決めていた。

「それまでに小一郎様は快癒されるでしょうか」

「分かりません。しかし殿下は疫病を極度に恐れています。とくに棄様（後の鶴松）が生まれてからは、咳をした側近まで遠ざける始末。たとえ大納言であっても、快癒してから相当経たないと謁見は無理ではないかと思います」

「そうですか。となると、関東は火の海になるやもしれませんな。真田の策配にしてやられたのは実に無念」

「よくご存じで。真田は頻繁に使者を寄越し、関東で戦役を起こす理を、殿下に説いていたようです。ただ――」

織部は顔を曇らせると続けた。

「それだけであれば、殿下もおいそれとはうなずかないはずですが、真田の話を殿下に取り次ぎ、その策を勧めた者がおります」

「それは、まさか――」

「お察しの通り、石田殿です」

「なにゆえ、さようなことを――」

「此度の話を仲介したのが石田殿なのです。つまり石田殿は豊臣家の支配を東国にまで及ぼすべく、北条や伊達を滅ぼそうとしておるのです」

「それで徳川殿は、いかにお考えですか」

「北条や伊達の存続を望んでいるのは間違いありません。北条が滅べば、徳川殿は関東に移封されると噂されておりますので」

それは利休も知っている。

「もはや小田原攻めは避け難いのでしょうか」

「はい。恩賞として分け与える土地が底をついた豊臣家にとって、関東は垂涎の地です」

利休が覚悟を決めるように言う。

「事ここに至らば、関東の戦乱をいかに小さく抑えるかですな」

「仰せの通りです。それがしも関東に行くことになりますが、それぞれの城に籠もる北条方には、降伏開城を呼び掛けていくしかありません」

「では、私も連れていってもらえるよう、殿下にお願いしてみます」

「何と。尊師はもう――」

「六十八になります。つまり、いつ捨てても惜しくない命です」

「さすがです」

織部が感心する。

「織部殿と私で関東の戦を防ぎましょう。その間に奥羽を誰かに託さねば――」

「しかし北条同様、伊達家中にも伝手のある者はほとんどおらず、伊達を降伏させるのは難しいかと」

「いや、か細い伝手が一つだけあります」

「それは、どのような伝手ですか」

「わが息子の紹安です」

「あっ」と言って織部が膝を打った。

「して、紹安殿は今どこに」

「小田原にいる宗二と板部岡殿の手筋になるよう命じましたが、昨日書状が届き、北条領の入口にあたる山中の関が思いのほか厳重なので、三島に足止めされているとのこと」

織部がうなずきつつ問う。

「ご子息の紹安殿を奥州に送るのですか」

「はい。小田原に入らず、奥州の伊達殿の許へ向かうよう書状をしたためます」

利休は紹安に伊達政宗の懐柔を託し、自らは関東に赴くことにした。

織部の訪問から約半月後の二十三日、北条方の沼田城将・猪俣邦憲が突如として名胡桃城を奪った。これが事実なら、秀吉が諸大名に対して布告した戦争停止命令「関東・奥両国惣無事令」（奥両国とは陸奥・出羽のこと）に違背する行為だ。つまり北条氏は、秀吉に討伐の口実を与えてしまったことになる。

しかしこの事件には、とんでもない裏があった。

上州の国分けの結果、沼田領二万石は北条氏のものとされ、名胡桃領一万石が真田氏に残された。つまり不倶戴天の敵同士が国境を接することになった。

十月初め頃、「越後の上杉景勝が攻めてきたので、至急後詰を頼む」という一報が沼田城の猪俣邦憲の許に入る。これを聞いた猪俣は「すわ一大事」とばかりに兵を率いて名胡桃城に赴くが、もぬけの殻だった。猪俣がそのまま名胡桃城にとどまっていると、真田は「北条方に城を奪われた」と秀吉に注進したのだ。

これに驚いた北条家では、「上州名胡桃のことは、われらの下知にあらず、辺土の郎従ども不案内の慮外なり（上州名胡桃のことは小田原の指示ではない。事情をよく知らない猪俣らが考えもしないことをやってしまったのです）」と弁明書を書き、重臣を秀吉の許に送った。しかし秀吉はこれを許さず、逆に宣戦布告状を送りつけてきた。

これにより関東を舞台にした大戦は避け難いものとなった。

十二月十日、聚楽第において家康を交えた大軍議が開かれ、いよいよ小田原征伐は確実になった。

また関東の情勢とは全く別に、肥後半国を与えられた加藤清正が大坂に来た折、秀吉は朝鮮出兵の支度を始めるよう命じた。

これにより関東と奥羽を制した後、秀吉が唐入りすることは確実になった。

――このままでは、天下は再び乱れる。

利休は世の静謐を守るため、全力を尽くすつもりでいた。

## 十一

十一月、利休は、ようやく病床の秀長を見舞うことができた。というのも秀長には流行病(はやりやまい)の疑いがあったため、人と会うのを避けていたのだ。しかしその疑いもなくなり、見舞いを受けられるほどには快復した。だが顔色は蒼白で頬肉は落ち、かつての大人然(たいじん)とした面は見る影もなかった。

――随分とおやつれになられた。これは長くないかもしれぬ。

三月ぶりに会う秀長に対する印象は、よいものではなかった。

「利休か。よくぞ参った」

床に横になったまま、秀長が笑みを浮かべる。

「御不例と聞き、気を揉んでおりましたが、快復に向かっておるようで何より」

「気休めを言うな。この顔がすべてを語っておる」

たとえ鏡を見ずとも、自らのこけた頬や浮き上がった胸骨に触れれば、病状がいかなるものか分かるのだろう。

「いったい、どこが悪いのですか」

「医家によると膈（かく）の病だという」

膈の病とは胃癌（いがん）潰瘍や胃癌のことだ。

「膈と仰せか」

利休は衝撃を受けた。もしもそれが事実なら、死病と言ってもいい。

「この一年、熱が出て気分もすぐれず、胃の腑が痛むことが度々あった。夏の終わり頃には食欲もなくなった」

「膈とは思いませんでした」

利休は、秀長と豊臣家の不運を嘆きたい心境だった。

「そなたはいくつになる」

「来年で六十九になります」

「相変わらず壮健よの」

秀長が羨ましそうに言う。

「お蔭様で。私より年上の宗久殿もいまだお達者で、今年は古希を祝いました」

「堺衆というのは、いつまでも盛んよの」

堺衆には長寿の者が多い。親が金持ちなので幼少の頃からよいものを食べることができ、また武将たちのように、死への恐怖や没落の不安を抱くこともないからだろう。

「利休、わしは武士などになりたくなかった。田畑を耕して生きていければ、それでよかったのだ。だが兄上を抑える役割を誰かがせねば、兄上はどこまで突っ走るか分からん。それゆえ兄上と行を共にしてきた。そんなことを繰り返しているうちに、兄上は天下人となっていた」

「小一郎様がご苦労なされてきたのは、皆も知っています。その甲斐あり、こうして豊臣家は武家の頂点に立ちました」

「そんなことはどうでもよい。それよりもわしの死後、兄上がこの国の民に迷惑な存在にならぬか不安なのだ」

――迷惑するのは、この国の民どころではない。

秀吉は唐土(もろこし)への出兵計画を着々と進めていた。

秀長がため息交じりに言う。

「臣下の礼を取ると言っている北条を討伐することに意義はない。わしが兄上の傍らにいれば、そんなことはさせなかった」

「どうやら奉行衆が動いているようです」

「やはり、そうか。彼奴(きやつ)らの狙いは何だ」

「豊臣家の力をさらに強め、この国の津々浦々まで支配したいのでしょう」

「無理にそれを進めれば、そのうち諸方面から反発を食らい、豊臣家は次代には滅ぶことになる」

秀長は常に融和を唱えてきた。力で押さえ付けることは様々な無理を生む。その無理が、次第に支配者の力を弱めると知っているのだ。

「小一郎様、殿下の関東出陣を押しとどめられる手立てはありませんか」

利休が藁(わら)にもすがるように問う。

「北条が何もかも投げ出して兄上の情けにすがるなら、どこぞに家だけは残してもらえるだろう」

「厄介(やっかい)なのは、それで北条が納得するかどうかです」

「その通りだ。到底、納得すまい」

「それを納得させねばなりません」

「こちらの手札は何だ」

「小田原城内の宗二くらいなものです」

「彼奴が手札とはな」

秀長が口端を引きつらせるように笑う。

「利休、墨と筆を持て」

「はっ」と答えて、利休が口述筆記の用意をする。

「北条殿に告ぐ。小田原を開けて箱根の関まで出て殿下を迎えよ。それが間に合わなければ、城の前で殿下にひれ伏せ。さすれば、身の立つよう取り計らってくれるかもしれん」

利休が秀長の語った趣旨を書きつけ、それを祐筆に渡した。書状用の文書に直すためだ。

すぐに文書はでき上がり、それを秀長は一瞥（いちべつ）した。

「その手文庫の中に、わしの朱印がある。それを捺（お）せ」

利休は朱印を捺すと、書状を秀長に見せた。

「北条がここに書かれてある通りにしても、赦免するかどうかは兄上次第だ」

「もちろんです。古田織部殿が先駆けとなって東国に出陣しますので、この書状を託します」

「そうか」と答えると、秀長は瞑目した。その顔には疲労の色が濃い。

「それでは、これにてご無礼仕ります」

「待て」という言葉に、利休が動きを止める。

「わしがいなくなった後の豊臣家は、いったいどうなると思う」

「それは――」と言って利休が言葉に詰まる。

「わしはもう長くない。子もおらぬし、この世に未練はない。だがわしがいなくなれば、兄上のやりたい放題になる。そうなれば多くの民が戦乱や飢えに苦しむことになる。それを防げるのは、もはや茶の湯とそなたしかおらん」

「いや、それは――」

「利休、ちこう」と言って、秀長が蒲団(ふとん)から腕を出した。それを利休が両手で握る。

秀長の腕は白い上に細く、茶碗一つ持てないように見えた。

「もはや兄上や豊臣家の行く末は考えなくてよい。ただひたすら、この世の静謐を守るための手立てを考えよ」

「小一郎様――」

利休にも込み上げるものがあった。

「そなたの茶を、また喫したいものよ」

「小一郎様、いつか必ずそういう日が来ます。それまで、お気を強くお持ち下さい」

利休は嗚咽を堪えて、秀長の前を辞した。

## 十二

天正十八年（一五九〇）が明けた。秀吉は大坂城で諸大名の参賀を受けたが、その時、秀吉の膝の上には二歳になる棄がいた。諸将は戸惑いながらも、「可愛いですな」「殿下に似て賢そうですな」といった世辞の一つを言いながら参賀を終えた。

四日になり、ようやく利休にも参賀の機会が訪れた。秀吉に拝謁できる機会は少なくなっているので、利休はこの場で勝負を懸けるつもりでいた。

「ねんねんよ。おころりよ。坊やはよい子だ。ねんねんよ」

秀吉が故郷尾張の方言丸出しで子守歌を歌う中、利休は携えてきた祝いの品を披露した。

「それは何だ」

「ご所望の茄子型手取釜です」

「手取釜とな。はて、そんなものをわしが望んだか」

「はい。以前に村田珠光翁の高弟の粟田口善法が茄子型の手取釜を所有していたという話をしたところ、殿下はいたく興味を示し、私に作らせたのです」

「そうであったか。あー、よしよし」

秀吉は上の空である。

「お気に召さぬのなら、別の物でも――」

「まあ、よい。後でじっくり見る。置いていけ」

「分かりました」と言いつつ、利休が威儀を正す。

「新年の御吉慶、目出度く申し納め候」

「堅苦しい挨拶はよい。それよりも、そなたの顔を見ていたら茶を喫したくなった。午後に参るので、山里曲輪の茶室で支度をして待っておれ」

「承知しました。では、お願いの儀はその時に」

「待て。お願いの儀とは何だ」

秀吉の顔色が変わる。

「それは後ほど」

「いや、気になるので、ここで申せ」

利休が思い切るように言う。

「此度の関東御陣、この利休も同道させていただけないでしょうか」

「物見遊山ではないのだ。なぜ、そなたが来る」

「物見遊山でなければ、物見遊山にしてしまえばよろしいかと」

「何だと。そなたは戦というものが分かっておらん。物見遊山で戦は勝てん」

秀吉の金壺眼が光る。

「此度は負けることも考えられますか」

「負けるはずがあるまい」

「では、負けぬ戦であれば天下の聞こえの方が大切では」

次の瞬間、「あっ」と言って秀吉が体を起こした。その拍子に棄が秀吉の膝からずり落ちそうになる。それを乱暴に引き上げたので、けたたましい泣き声が響いた。

背後に合図した秀吉は、乳母を呼び寄せると棄を渡した。

「利休、考えを申せ」

「はい。天下に並ぶ者なき殿下です。しかも帝の詔勅まで得ておられます。北条ごときと本気で戦う姿勢など見せては、威権が傷つくだけではありませんか」

「ははあ、それもそうだ」

「私のような茶人だけでなく、御伽衆はもとより、能役者や連歌師などを伴って小田原に赴くという趣向はいかがでしょう。どのみち北条には籠城策しかありません。どこかの山の上に屋敷でも造って、そこで歌舞音曲の日々を送るのがよろしいかと。いわば――」

利休は一呼吸置くと言った。

「都をそのままお持ちになるのです」

「都を東国に持っていくと――」

「そうです。それだけの余裕を見せつければ、北条方も『これは敵わない』と思い、戦わずして頭を下げてくることでしょう」

「なるほど。これは面白い趣向だ」

秀吉が膝を打つ。

「茶室も造らせましょう」

「当たり前だ。淀も連れていくぞ」

淀とは、棄を産んだ秀吉の側室のことだ。

利休は「いや、そこまでは――」という言葉をのみ込んだ。

「しかし利休、これは戦だ。わしがそのような態度では、負けずとも苦戦するのではないか。北条ごときに苦戦などすれば、わしの顔は丸つぶれだ」

「仰せの通り。総大将がかようなことでは、勝てる戦も勝てません」

「分かっておるではないか」

「いえいえ、そこには策がございます」

「策だと」

「そうです。北条領に入る前に、どこぞの城で軍議を催すのです。その座で、三河殿と織田中納言を叱責すればよろしいかと」

北条征伐の先手に指名されているのは、徳川家康と織田信雄の二人だ。

「二人の外様を叱責することで、陣内を引き締めるというのだな」

「そうです。三河殿には事前に根回ししておけばよろしいでしょう。織田殿には――」

「知らせぬ方が面白いの」

秀吉が乱杭歯(らんくいば)をせり出すようにして笑う。

「そうですな。あのお方は、その方が自然な反応を示します」

「これはいい。さすが利休だ」

秀吉が肩越しに笑いを促すようなそぶりを見せたので、背後に控える近習や小姓が仕方なさそうに笑った。

「しかし利休――」

秀吉が真顔になる。

「そなたは、なぜ東国に行きたがる」

「それは茶人ですから、東国の趣を見ておきたいと思うのは当然です」

「それだけではあるまい」

「と、仰せになられますと」

「ははあ、分かったぞ。そなたから申せ」

利休は大げさにため息をつくと、本音を漏らした。

「小田原城内に宗二がいるのは、ご存じの通り」

「当たり前だ」

「いざ講和という時、宗二は手筋に使えます」

秀吉が鼻で笑う。

「講和などするつもりはない」

「それは殿下のご随意に。私は万が一の場合を申し上げたまでです」

「そうか。それも考えておいた方がよいの」

秀吉が再び己の考えに沈む。

――このお方は賢い。こちらの思惑も手の内も、すべて読んでいる。

「物見遊山か。よし、それで行こう。北条め、度肝を抜いてやるぞ！」

秀吉が大声を上げたので、背後に控える者たちに緊張が走った。

「では、差配は私にお任せいただけますな」

「おう、そうせい。都をそのまま東国に持っていく。そうだ、能舞台や茶室では手ぬるい。城の一つも築いてみせよう」

「城と仰せか」

「ああ、本格的な石垣城を築くのだ」

秀吉の哄笑が対面の間に響いた。

## 十三

三月一日、京を発した豊臣勢は二十七日に沼津三枚橋城に入った。徳川家康や織田信雄をはじめとした諸将は、城の前に居並んで秀吉を迎えた。

その時、駕籠を降りた秀吉は常にない剣幕で家康と信雄を呼びつけると、「そなたらに謀反の意思ありや」と怒鳴り、太刀に手を掛けて二人を泥土の中にひれ伏させた。

「謀反など考えも及ばず」という家康の言葉に矛を収めた秀吉だが、諸将が居並ぶ中、百万石以上の大身の家康と信雄を平伏させたという事実は、大きな衝撃と効果を生んだ。

家康と信雄が、北条氏に呼応して謀反を起こすという惑説（偽情報）は、大坂や伏見では、さも当然のごとく流布されていた。これに困った家康は疑念を晴らすべく、人質として三男の長丸（後の秀忠）を秀吉の許に送った。秀吉はこれに喜び、すでに人質に取っていた信雄の娘と婚儀を執り行い、二人を親元に返した。

これで一件落着と思われていた矢先の事件だった。

それでも事前に根回しをされていた家康は、「開戦前に総大将が刀に手を掛けるとは、この上ない吉事なり！」と叫んだので、全軍の士気は天を衝くばかりになる。

二十九日、これが功を奏したのか、豊臣秀次を山中城攻めの総大将にいただいた豊臣勢七万余は、箱根口の要衝・山中城に猛攻を掛けて半日で落とした。

これに北条方は混乱し、屛風山・鷹巣・宮城野・塔ノ峰などの箱根山城塞群を放棄する。さらに小田原の北西方面を守る深沢・足柄・浜居場・新の諸城も、相次いで自落した。

豊臣水軍も伊豆半島西岸に押し寄せ、水軍城をしらみつぶしに攻略していった。伊豆で残っているのは、北伊豆の韮山と南伊豆の下田の二城だけとなった。

一方、これより少し前、佐竹・宇都宮・結城ら北関東国衆は国境を突破し、下野・下総南部に侵攻を始めており、北条方国衆を圧倒し始めていた。

相次ぐ敗報に北条方は慌てふためき、近隣の農民・漁民・商人・僧侶らを小田原城内に収容し、籠城戦の準備を急いでいた。

早くも四月三日には、先手を受け持つ徳川勢先遣隊が小田原近郊に姿を現し、続いて家康率いる徳川勢主力をはじめとして、豊臣秀次・宇喜多・堀・池田・長谷川・丹羽の諸隊が陸続として集結し、小田原周辺に陣を布いた。

六日、早雲寺に着陣した秀吉は、小田原城を一望の下に見下ろせる笠懸山（後の石垣山）に総石垣造りで瓦葺きの城郭の構築を命じる。


四月七日、後続部隊と共に三島に差し掛かった利休は、織田信雄が韮山城包囲陣にいると聞き、寄り道していくことにした。むろんそこには、ある思惑があった。


――これはどうしたことか。

利休が包囲陣に着くと、その混乱状態が伝わってきた。ここには福島正則、蒲生氏郷、細川忠興といった豊臣家中の重鎮たちが配されているが、どの陣内にも負傷者が溢れ、その呻き声は耳を覆いたくなるほどだった。

——まさか負けたのか。

韮山城を遠望すると北条の旗が翻っており、いまだ攻略できていないようだ。

まず蒲生陣に赴き状況を問うと、何度か城に惣懸りを掛けたものの、奇策に翻弄されて撤退を余儀なくされたとのことだった。

さすがの氏郷も渋い顔で、「このままでは攻略は難しいでしょう」と言う。

状況を把握した利休は、氏郷の家臣の案内で信雄のいる本陣に向かった。

——兵は将の器量の写し鏡というが。

信雄の陣は、ほかの陣に輪を掛けて混乱状態を呈していた。負傷者が続出した場合を想定していなかったのか、重傷者と遺骸が丸太のように転がされ、手当てする小者の数も少ない。

動ける者たちも、そこかしこにたむろしているだけで何の警戒もしておらず、敵に反撃の余力があれば、瞬く間に蹴散らされることだろう。

案内を請うと、しばらく待たされた末、信雄の許へと連れていかれた。

本陣の陣幕をくぐると、意気消沈する信雄がいた。

「中納言様、いかがなされましたか」

ありませんか」

「城攻めに利がなかったと聞きました。しかし城攻めとは、本来そういうものでは

信雄の目は虚ろで、利休を見ているようで何も見ていなかった。

「ああ、宗匠か」

「ふふふ」と笑うと、信雄が言った。

「その言葉を殿下に言えるか」

「何を仰せですか。さようなことを言わずとも、城攻めの困難さは殿下もご承知のはず」

「では山中城はどうだ。あの虚け（うつけ）の孫七郎（羽柴秀次）でさえ半日で落としたのだ。あやつは長久手の戦いで家康に追われ、泣きながら逃げてきたというが、わしはさような者にも後れを取ったのだ」

信雄が肩を落とす。

秀吉は豊臣家の跡継ぎに指名した孫七郎秀次を山中城攻めの総指揮官に任命し、力攻めを強行させた。北条方の抵抗は激しく、豊臣勢は苦戦を強いられるが、半日で城を落とした。

これを聞いた韮山城包囲陣は色めき立った。

四月一日、慎重論を唱える信雄の意見を一蹴し、福島正則らが一斉に攻撃を開始した。ところが北条方は様々な罠を仕掛けて待ち伏せており、反撃を食らった福島らは撤退を余儀なくされた。

その後も攻め口を変えるなどして何度か攻撃してみたものの、成果は挙がらず、死傷者を増やすだけに終わった。

信雄がぽつりと言う。

「わしの立場は分かっているだろう」

「もちろんです。徳川内府と並ぶ豊臣家中の重鎮かと」

信雄が冷めた笑みを浮かべる。

「何もせずともその地位が安泰なら、心配は要らん。だが父上以来、血筋や門閥などといったものに値打ちはなくなり、知恵と力だけが頼りの世が来たのだ」

――皮肉なことだ。

信長は、秀吉のような最下層の者でも実力だけで出頭させてきた。ところが信長は志半ばにして斃(たお)れ、実力を重視する風潮だけが残った。

信長の後継者の座を実力で摑んだ秀吉は、信長のやり方を踏襲した。その結果、実力のない者は淘汰され、皮肉なことに信長の息子の信雄さえ、実績を挙げねばならなくなっていた。

――このお方は、もうだめかもしれない。

肩を落とす信雄に掛ける言葉はない。だが利休には使命がある。

――そのためには、このお方も利用せねばなるまい。

「三島で聞いた雑説ですが、どうやら中納言様は小田原に向かうことになるようですね」

「ああ、そうだ。昨日ここに来た刑部（大谷吉継）と弾正（浅野長吉）から、それを申し渡された」

秀吉が信雄を見切ったのは間違いない。すでに豊臣政権内に信雄の居場所はなく、利休の耳にも「この合戦が終わったら、よくて減封、悪くて改易」という噂が聞こえてくる。

おそらく秀吉としては、せめてもの信長への恩返しとして、信雄に功を挙げる機会を与えたのだろう。だが福島、蒲生、細川といった百戦錬磨の諸将が、どうして信雄の下知に従うというのか。その結果、無残な敗戦の責任を負わされた信雄は、小田原に召喚されることになった。

「小田原に行けば、わしは包囲陣の一将にすぎなくなる。惣懸りとなっても、功を挙げるのは難しい」

確かに、よほどの運がない限り、織田勢が功を挙げることはないだろう。

「いかにも、このままでは中納言様のお立場はありません」

「そなたも、そう思うか」

「しかし一つだけ手があります」

「手だと」

信雄の双眸が落ち着きなく光る。

「はい。小田原包囲陣にあって大功を挙げればよいのです」

「だから、それができぬから困っている！」

信雄の顔が失望の色に包まれる。

「戦って功を挙げるのではなく、和睦を取り持つのです。これほどの大戦の和睦を取り持てば、豊臣家中における中納言様の地位は盤石となります」

信雄があきらめ顔で言う。

「北条に何の伝手もないこのわしが、いかにして、そんなことができようか。だいいち城内には、徳川殿の娘御がおるのだぞ。これまでの縁の深さからしても、北条が頼るのは徳川殿ではないか」

「いかにも仰せの通り。しかし城内には山上宗二もおります。それだけでなく北条家重臣の板部岡江雪斎殿もわが弟子です」

「そうか。そうであったな」

信雄の顔に光が差す。

「だいいち北条にとって、同盟を足蹴にして豊臣方となった徳川殿には、根強い不信感があります」

「しかし包囲陣には、わしよりも殿下に近い者がおるではないか。北条が頼りとするのは、そういう者たちであろう」

「いえいえ、さような者どもは皆、殿下の幕下です。こうした場合、仲介者の立場を尊重してもらうべく、外様の立場にある方を頼るのが通例です」

確かに秀吉の家臣を頼ったところで、交渉にはならない。秀吉に条件をのませるには、それなりに大身で、秀吉も気兼ねする立場にある者が最適なのだ。

——その点、百万石の大身で、旧主の息子の織田殿は最適だ。

「双方の間を取り持てるのは、わししかおらぬと言うのだな」

「中納言様を除いて、何人たりとも和睦を取り持つことはできません」

信雄の顔に差した光が、次第に明るいものになってきた。

「わしに、それほど大きな仕事ができるだろうか」

「私の指図に従っていただければできます」

「では、どうせいと申すのだ」

「すべて、私の指図通りに動けますか。さすれば大功を挙げられます」

信雄が考え込む。

——何を考えておる。そなたは、もう失うものなどないのだぞ。

この合戦の後、おそらく信雄は身ぐるみはがされる。秀吉や三成が、いかなる理由を考えつくかは分からないが、それだけは間違いない。

——もしもここで和睦の労を取れば、五万石ぐらいは残してもらえるかもしれん。

この役立たずの貴公子のために、秀吉が涙の雫（しずく）ほどの情けを掛けることを、利休は祈った。

## 十四

四月十一日、「利休来着」を聞いた秀吉は、笠懸山に築いている新たな城に、自ら案内すると言い出した。

二人は百を超える警固の兵に守られ、駕籠に乗って普請半ばの城に赴いた。

駕籠に揺られながら左右を見ると、多くの夫丸（ぶまる）が懸命に土や石を運んでいる。石は山麓の石切場から切り出されているため、険しい山道を、修羅を使って運び上げねばならない。

夫丸たちは褌（ふんどし）一丁で、背中を汗で光らせながら石を押している。

――わしが、かようなことをさせてしまったのか。

利休は山麓に風雅な屋敷でも建てることを勧めたつもりでいたが、秀吉は利休の案を瞬く間に飛躍させ、山頂に石垣造りの広壮な城を築くことにしたのだ。

――そのために、また多くの民が駆り出された。農村に残った足弱（老人と女子供）たちは、飢えに苦しんでいるかもしれない。

城普請は始まったばかりで、よほど急いでいるのか、下役が叱咤する声が間断なく聞こえてくる。

山頂で駕籠を降りると、秀吉の案内で東側の眺望が開けている場所に連れていかれた。

秀吉が芝居じみた仕草で扇子を広げる。

「よきものを見せてやろう」

そこには、能舞台のようなものが築かれていた。それは崖からせり出し、屋根まで造られている。

その端まで行くと、秀吉が扇子で眼下を指し示した。

「どうだ。城内が一望の下に見渡せるだろう」

そこからは、小田原城内と城下の大半を視野に収めることができた。

「木をすべて刈り取らせたので、実によく見える」

秀吉が高笑いする。

小田原城は関東に覇を唱えた北条氏の本拠だけあり、巨大な堀と土塁が縦横無尽にめぐらされている巨大な城だった。ここから見た限りでは、この城を力攻めするなど考えられない。しかも城内には多くの旗幟が翻り、士気は極めて高いように見える。

「北条の城を眼下に収めながら、ここで能を舞わせる。実によき趣向であろう」

「もちろんです。ということは、城に攻め寄せるおつもりはないのですね」

「いや、いつかは攻める」

「いつかとは――」

「そのうち攻める。だがしばらくは、ここで北条の出方を待つ」

秀吉は余裕綽々だった。

「利休よ、力攻めなど愚将のすることだ。いずれ攻めるにしても、様々に相手を揺さぶり、最小の損害で攻め落とせるようにする。それがわしの城攻めだ」

「では当面、調略などによって内応を誘うと仰せですか」

「ああ、様々な手筋を使って城内に働き掛けておる」

「それでは和睦交渉も――」

秀吉が驚いたように目を見開く。

「和睦などするつもりはない。北条などと対等な立場で交渉はせん。あやつらは分をわきまえない田舎者だ。だがあの城は堅固だ。力攻めでもしようものなら、飛んで火に入る夏の虫になる。下手をすると死者は一万では済まされん」

「いかにも。私にも、そう見受けられます」

「茶人でも城が分かるか」

秀吉が鼻で笑う。

「差し出がましいことを申しました」

「分かればよい。分をわきまえることが何よりも大切だ」

利休が恐縮したように頭を下げる。

「皆が皆、分をわきまえておれば天下は泰平だ」

そう言う秀吉こそ、分をわきまえずに天下人まで出頭したのだ。

「仰せの通り。北条殿は分をわきまえない者どもです」

秀吉の機嫌を取るように言ってみたが、秀吉は乱杭歯をせり出すように笑った。

「分をわきまえぬは北条だけではない。北条の走狗となって城から出てきた輩も同じだ」

「それはどういう謂で――」

「知りたいか」

「は、はい」

「教えてやる」

秀吉は側近くに控える三成に命じた。

「奴を連れてこい」

「はっ」と答えるや、三成が風のように去っていく。

――いったい誰を連れてくるのだ。

胸の鼓動が速まる。

「利休よ、そなたの弟子は昔から気短だのう。あれを見よ」

秀吉が扇子で指し示した先を見ると、後ろ手に縄掛けされた坊主が、左右から押さえられるようにして連れてこられている。

その岩塊のように盛り上がった肩を見れば、それが誰であるかは明らかだった。

――宗二、なんと早まったことを。

宗二が北条方に頼まれ、和睦交渉の使者として豊臣陣にやってきたのは分かる。だが何の段取りもなしに、正面からやってきても聞く耳を持つような秀吉ではない。

「連れてきました」

三成がその場に宗二を座らせる。

縄掛けされた宗二の顔は青黒く腫れている上、唇の端には裂傷があり、使者として遇されていないことは明らかだった。

宗二と向き合うように舞台の端に腰掛けた秀吉は、しみじみとした口調で言った。

「宗二、そなたの師匠が遠路はるばるやってきたぞ」

宗二が顔を上げる。片目は腫れて開けられないので、利休を探すように見回している。

「宗二――」

舞台の段を下りた利休が、宗二に寄り添うように片膝をつく。

「ああ、尊師、お恥ずかしい」

「そなたは使者として来たのだな」

「はい。北条殿から頼まれて使者となりました」

「なぜ、そなたが――」

「北条方は上方に手筋がありません」

「板部岡殿がおるではないか」

「はい。板部岡殿も『わしが行く』と仰せになりました。しかし重臣たちが板部岡殿を行かせるわけにはいかないと口々に言い、まずは私を使者に立てたのです」

名胡桃城事件の後、弁明使として秀吉の許に向かった重臣の一人・石巻康敬（いしまきやすまさ）は、そのまま捕虜とされてしまった。それだけ秀吉は、北条氏を対等の相手と見ていないのだ。

「しかしそなたは――」

秀吉が高笑いする。

「わしに嫌われていた上、わしを嫌っていたのにな。それを北条に言ったのか。まさか使者に立った時の礼金ほしさに黙っていたわけではあるまい」

宗二が口惜しげに言う。

「仰せの通り、事実を申しました。しかしそれでも『行ってほしい』と言われ、これまでの恩義に報いるべく参りました」

豊臣方との人的交流が皆無に近い北条家中では、宗二を使者に立てるしかなかったのだ。

利休がため息交じりに言う。

「だが、どうしてここにまっすぐ来たのだ」

使者が直接、総大将の許に来るのは希で、まず知己に仲立ちしてもらうというのが慣例だ。

「私は北条殿から殿下への口利きを頼まれました。それゆえ殿下の許に参っただけです」

宗二は悲しいほど正直だった。

「ふふふ」と秀吉が笑う。

「それで話を聞いてもらえると思うたのか」

「はい。これも天下泰平のためです。必ずや聞き届けていただけると信じておりました」

「何が天下泰平だ。惣無事令を無視し、真田の城を奪っておきながら、天下泰平もあるまい」

秀吉の言葉に宗二が色をなす。

「それは違います。北条殿の申すところによると、あれは真田の策術に辺土の郎従

（僻地の家臣）がだまされたとのこと。罰せられるべきは真田でありましょう」

「宗二、よせ」

利休が宗二を抑えようとしたが、秀吉に容赦はない。

「よくぞ申した。ではわしが来ていると知りながら、何ゆえ山中の城で抵抗した。弁明の筋があれば、当主自ら城の前でわしを迎えるべきであろう」

「お待ちあれ。北条殿が弁明の使者を送ったにもかかわらず、殿下は話も聞かず、『宣戦布告状』を出したのですぞ。それで平身低頭して迎えろと仰せになられても、無理な話ではありませんか」

「馬鹿め。こうした場では、殊勝な態度を示すことが大切なのだ。そのくらいは、そこらの国衆でもわきまえておるわ！」

双方の言い分はよく分かる。だが北条方が何をしようと、秀吉が謝罪に応じるはずはないのだ。

「今からでは、ご慈悲にすがるのは手遅れと仰せか」

「さて、どうするかの」

秀吉が利休をちらりと見る。

「殿下」と言って、秀吉の前に利休が正座した。

「北条の者どもを何卒、ご赦免下さい。むろん当主や隠居に腹を切らせ、改易に処すのは当然のこと。しかし城内にいる罪のない数万の民をお救い下され。城攻めとなれば、その者たちとて無事ではいられません」

「また、それか」

秀吉がうんざりした顔をする。

「東国の民に殿下の徳と威光を示すことこそ、心の底から豊臣家に帰服することにつながります」

「まあ、話を聞いてやらんでもないがな」

秀吉が思わせぶりに言う。

「それは真ですか」

宗二が身を乗り出したので、背後の小者に押さえられた。

「だが話を聞いてやるからには、見返りが要る」

「見返りと――」

「そうだ。官兵衛！」

「はっ」と言って、いつの間にかやってきていた黒田官兵衛孝高が進み出る。

「何かほしいと言っておったな」

「はい」

「構わんから言ってやれ」

孝高が利休に向かって言う。

「ときに北条家には、鎌倉の頃から伝わる『吾妻鏡』があると聞いております」

北条家に伝わる『吾妻鏡』は鶴岡八幡宮再興の返礼として、二代氏綱が八幡宮司から贈られた正本（原本）だった。鎌倉幕府の認めた正本は世に一つしかなく、孝高はそれを手に入れたいのだ。

「まずは、それを持って詫びを入れに来い」

「さすれば、和睦は成ったと思ってよろしいのですな」

「いや、詫び言を聞いてやるだけだ」

「それでは無理です」

宗二の言葉に秀吉の顔色が変わる。

「無理とは何だ。北条方は詫びを入れる方だ。まさか、わしと対等と思っておるのではあるまいな」

介入の時期を探っていた利休が、「殿下」と声を掛ける。

「私を城内に遣わしてはいただけませんか」

「そなたを城内にだと」

「はい。北条方の言い分を聞き、『吾妻鏡』を持ってまいります」

秀吉が利休の瞳を見つめる。

「北条には戦数寄（主戦派）もおるという。下手をすると殺されるぞ」

「もとより覚悟の上でございます」

「そうか。それほど城を開けさせたいのだな」

「はい。私にお任せいただけないでしょうか」

「殿下、卒爾ながら――」

それまで控えていた三成が突然、進み出た。

「われらは北条家を誅滅すべく、遠路はるばるやってきました。兵の中には、これが功名を挙げる最後の機会と覚悟を決めている者もおります。降伏を認めれば、そうした者たちの落胆は大きく、向後の戦いにも響きます」

秀吉が膝を叩く。

「佐吉の言う通りだ。わしの天下取りを支えてきたのは野心だ。皆わしの背を見て、働けば報われると信じ、戦場に命を張ってきた。それがなくなった時、わが天下も終わる」

「それは違います」

宗二である。

「殿下の天下が定まった今、さような野心こそ摘み取るべきではありませんか。そのための茶の湯であり、われらは殿下の命に応じ、茶の湯を敷衍させてきたのです」

宗二に対抗するように三成が言う。

「お待ちあれ。これから大明国を制さんとする豊臣家が、武士たちの野心の牙を抜いてしまってよいのでしょうか。今の豊臣家にとって大切なのは、茶の湯ではなく沸々とたぎる野心です」

宗二の顔色が変わる。

「今、大明国と申したか。石田殿、どういうことだ」

「構わぬ。教えてやれ」

秀吉に促された三成は、明国への侵攻計画について簡単に説明した。

「朝鮮国を経て大明国に攻め入ると仰せか。何と大それたことを」

宗二が天を仰ぐと言った。

「私はこれまで、殿下ほど賢きお方は、この世におらぬと思ってきました。その知恵は豊家千年のために使うべきであり、途方もない野望のために使うものではありません」

「宗二、黙れ！」

利休は制そうとしたが、宗二は聞かない。

「いいえ、黙りません。天下の静謐こそ天下人の目指すべきもの。それをないがしろにし、明国にまで攻め入るなど、老人の迷妄でしかありません！」

「無礼者！」と言って三成が刀に手を掛ける。

「待て！」

秀吉が三成を制した。

「宗二、よくぞ申した。そなたは、わしの政道が間違っていると言いたいのだな」

「これまでは天下を静謐に導くために、力で制していくのは致し方ない面もありました。しかし今は違います。まず北条を赦免し、明国への出兵も取りやめる。さすれば、この国の民は殿下を神とも仏とも崇め、豊家千年の礎が築かれましょう」

「宗二、もうよい」

宗二を制した利休が秀吉に向き直る。

「かような青臭いことを宗二が言うのも、わが教えが足りなかったがためです」

利休が秀吉と視線を絡ませる。

「この者の罪はわが罪。何卒この者をお許しいただき、わが身を罰して下され」

しかし秀吉は別のことを考えていた。

「宗二、そなたは先ほど、わしの目指すものを『老人の迷妄』と申したな」

「申しました。あの広大な領土を有する明国と戦うなど、迷妄以外の何物でもありません」

「黙れ！」と言って秀吉が立ち上がる。

「そなたは、わしが老耄（ろうもう）してきたとでも言いたいのか」

「医家でない私に、それは分かりません。しかしながら、かような――」

宗二が三成を顎で示す。

「佞臣(ねいしん)の言うことを聞き、罪もない朝鮮や明国の民に塗炭(とたん)の苦しみを味わわせようなどとは、殿下が衰えてきている証左です」

「宗二、やめろ」

利休が宗二を押さえ付けようとするが、宗二は黙らない。

「殿下、この関東とて同じ。民は徳のある方を慕います。武威でひれ伏させたところで、民は面従腹背を決め込むだけ。真の天下人であるなら、ここは慈悲の心を持って和睦に合意下され」

秀吉の顔が真っ赤になっている。最近の秀吉には、「衰え」に関することだけは言ってはならない。しかし宗二は軽々とそれを無視した。

――もうだめだ。

利休は、遂に宗二という荒馬を乗りこなせなかった。

「よう申した。そなたのような輩は、耳と鼻を削(そ)ぎ落として磔(はりつけ)にしてくれる」

「それで小田原をお救いになるなら、この宗二、本望にございます」

「いいや、だめだ。そなたは磔にされたまま燃える小田原城を見るのだ」

秀吉は立ち上がると、宗二を足蹴にした。その場に転がった宗二は、それでも屈しようとしない。

「もはや申し上げることはありません。今はただ豊家の滅亡を念じるだけ」

「な、なんだと――」

秀吉の顔が悪鬼のように歪む。

「殿下が死した後、業火の中で悶え死ぬのは殿下の係累でございましょう」

秀吉の顔が憎悪にたぎる。

「宗二、よくも言うたな。大坂城が焼け落ち、その中で鶴松が果てると申すか」

「はい。そのお姿が瞼に浮かびます」

宗二が夢想するように笑みを浮かべる。

「佐吉、この者を連れていけ。顔も見たくないわ」

「はっ」と答えるや、三成が宗二を連れていく。

――宗二、何と愚かな。

利休が口を挟む余地はなく、宗二は自ら掘った墓穴に落ちていった。己の感情に勝てない宗二は使者の役割を忘れ、自らの命だけでなく、小田原城をも危機に追い込むことしかできなかったのだ。

「利休！」という秀吉の鋭い声が耳朶を震わせる。

「城内に行って『吾妻鏡』を持って来られるか」

「それほど『吾妻鏡』を――」

「当たり前だ。『吾妻鏡』の正本は、この世に一つしかない貴重なものだ」

「何とかやってみます。それを持ち帰るまで、宗二のことは待って下さいますか」

「あれだけのことを申した者を、わしが許すと思うのか」

それで一縷の望みは絶たれた。

己の顔が落胆とあきらめの色に包まれているのは、秀吉にも分かるはずだ。

「利休、宗二の命を救わぬなら、『吾妻鏡』を取りに行かないとは申すまいな」

「もちろんです。宗二のことは――」

利休が口惜しげに唇を嚙むと言った。

「あきらめております」

「それでよい。豊臣家の滅亡を祈る者など生かしておくわけにはいかん」

「分かっております。では城を攻めないとお約束下さい」

「それは分からん」

秀吉が残忍そうな笑みを浮かべる。

「利休よ。そなたには何の手札もない。だが『吾妻鏡』を持ち帰れば、考えてやってもよいぞ」

秀吉の甲高い笑い声が、利休の神経を逆撫でする。

――いかにも、今のわしに手札はない。だが手札を作り出せばよいのだ。

暗闇の先に一点だけ光明が見える。利休はそれに賭けてみようと思った。

「分かりました。では行ってまいります」

秀吉は向き直ると、「官兵衛！」と孝高を呼んだ。

「利休を大手まで送ってやれ」

「分かりました。で、いつですか」

「今すぐだ。利休の気が変わらないうちにな」

秀吉が狡猾(こうかつ)そうな笑みを浮かべた。

## 十五

相模国西端部の小田原は関東の政治・経済・文化の中心であり、小田原城は北条氏が精魂を込めて造り上げた大城郭である。

――この城に攻め掛かれば、双方の兵がどれだけ死ぬか考えもつかない。

利休とて、功名と恩賞を求めて死地に飛び込んでいく兵たちを押しとどめようとは思わない。だがその結果として、多くの足弱たちが飢えや疫病で死ぬことだけは許し難い。

――戦乱によって多くの民が死に、戦場となった地は荒れ果てる。そこに民家が建ち、商いが従前のごとく行われるまでには、五年から十年の歳月が掛かる。

とくに小田原は東国の中心なのだ。そこが焼け野原となれば、困窮する人々が続出する。それゆえ利休は知恵の限りを尽くし、小田原を戦乱から救わねばならない。

利休の許に、孝高が戻ってきた。

「宗匠、話がつきました。北条方は宗匠お一人なら入城を許すと申しています」

利休が孝高に深々と頭を下げる。

「かたじけない」

「義父上！」

その時、少庵が進み出てきた。

「昔から従者は一人と数えぬのが仕来り。私をお連れ下さい」

「いや、貴人とは違い、茶人は常に一人だ」

「でも義父上——」

「よいか」と利休が少庵を見据える。

「父子そろって死ねば、千家の商いと茶の湯はどうなる」

千家の商いは番頭たちに任せてはいるものの、それを取り仕切っているのは少庵だった。

少庵が唇を噛んで黙る。

「黒田殿、よろしいか」

「どうぞ」と言って孝高が目礼する。

隣家を訪問するように利休が一歩を踏み出すと、眼前の早川口の門が音を立てて開いた。双方に緊張が走る。蔀（しとみ）の間から垣間見える城内には銃列が敷かれ、火薬の煙が立ち込めている。

——悪くても失うのは、この老いさらばえた肉体だけだ。

そう思えば、怖いものは何もない。

「尊師、お懐かしい」

その時、門前に僧形の男が走り出てきた。

「江雪斎殿、お久しぶりですな」

主家の危機に江雪斎も追い込まれているのか、その顔には焦燥の色があらわだ。

「宗二殿は、ご一緒ではないのですか」

「はい。宗二は陣中にとどめ置かれております」

江雪斎の顔色が変わる。

「つまり囚われたのですか」

「そういうことになります」

江雪斎が眉間に皺を寄せる。

「だから、あれほど押しとどめたのに」

「宗二は、自ら使者になると言って聞かなかったのですね」

「そうなのです。それが己を拾ってくれた北条家に報いる唯一の道だと――」

半ば予想はしていたものの、やはり宗二は自ら使者を買って出たのだ。

──宗二とは、そういう男だ。

あまり親しくない者たちからは、狷介固陋で自分勝手に思われる宗二だが、一度受けた恩は忘れず、意志堅固で何物をも恐れない一面がある。

新たな城が造られつつある笠懸山を眺めつつ、利休は言った。

「おそらく奇跡でも起こらぬ限り、宗二は処刑されます」

「では、まだ生きているのですか」

「はい。支度ができるまでは──」

「いったい何の支度ですか」

「磔刑の支度です」

「なんと──。宗二殿が何をしたというのです」

「殿下の勘気に触れたのです」

江雪斎の歩みが止まる。だが利休の顔を見てすべてを察したのか、それ以上は問うてこなかった。

「江雪斎殿、宗二のことは忘れ、今はこの城を救うことに力を尽くしましょう」

「仰せの通りです。どうぞ、こちらへ」

気を取り直した江雪斎の先導で、利休は城内深くに導かれていった。

城内には将兵が満ち、利休を注視している。彼らにも、この戦の勝算が薄いと分かるのだろう。どの顔にも不安と焦燥があらわだった。それでも使者がやってきたことで一縷の望みを感じたのか、中には安堵の色を浮かべる者もいる。

——誰もが戦など嫌なのだ。かの男を除けばな。

秀吉の下卑た笑い声が、耳奥で聞こえた気がする。

やがて二人は、複雑な経路を通って城の中核部に近づいていった。

「わが主の北条左京大夫は、『せっかく宗匠が足をお運びになられるのなら、草庵で会いたい』と仰せです」

いくつかの曲輪を通った二人は、自然そのままの雑木林が生い茂る一帯に達した。

小田原城ほどの広い城になれば、城内にこうした場所があっても不思議ではない。しかしそれは自然に見えて、実は入念に計算されていることに利休は気づいていた。

——庭のどこからでも、箱根山が眺められるようにしてあるのだな。

草庵に至る導線は曲がりくねっており、本来なら樹木で見えない箱根山の一部がどこからでも見える。

やがて二人は中木戸に至った。

中木戸から内露地に入ると、外と内の空気が一変したように感じられた。かつて利休は宗二をはじめとした弟子たちに、「作庭において大切なことは区切りだ。徐々に変わるのではなく、突然変わる。それにより客は、現世（うつしよ）から茶の湯という風雅へと臨む心構えができる」と語ったことを思い出した。

「この庭は、宗二の手になるものですね」

「はい。宗二殿は『作庭も茶人の嗜み』と申しておりました」

宗二は利休の教えを忘れず、そのすべてを小田原の地に刻もうとしていた。

――それが彼奴の恩返しの一つだったのだ。

「宗二は『働きのある茶人』でした」

「働きのある、とは」

「宗二は、わが教えを習得するのに懸命でした。そしてすべてを吸収し、庭も茶室も忠実に再現していきました。しかし、そこから逸脱はできませんでした」

利休は茶人を二つの種類に分けていた。

一つは利休の教えに忠実であらんとする蒲生氏郷、細川忠興、そして宗二と息子の少庵だ。

一方、利休の教えを消化した上で独自の境地に達し、茶の湯の可能性を押し広げていける者たちがいる。

――すなわち古田織部や紹安。そして、かのお方か。

かのお方とは秀吉のことだ。秀吉は現世の王であることに飽き足らず、精神世界にまで、その貪欲な触手を伸ばし始めていた。

秀吉のあさましいほどの欲心の影には、利休をも上回る風流や風雅の心、すなわち侘が隠されていた。それは織部や紹安のものを軽々と凌駕(りょうが)している。

――すなわち、わしと殿下は現世と心の内の両面で、あてどない戦いを続けているのだ。

その戦いがいつまで続くのか、続けられるのかは、利休にも秀吉にも分からない。

だが利休は気づいていた。

――人として誰よりも醜い心を持つからこそ、殿下は真の侘を摑み得たのだ。

秀吉は幼い頃から食うや食わずで過ごした。そして、いつの日か、この世のあらゆるものを手に入れたいと思うようになったのだろう。

餓鬼草紙に出てくる餓鬼のような目で、秀吉は他人を羨んだに違いない。そうした身悶えするような欲心と羨望に彩られた日々を送ってきたからこそ、秀吉は己の侘を手にできたのだ。

「今、逸脱と仰せになられましたか」

江雪斎が問う。

「はい。逸脱にこそ茶人の真価があるのです」

「宗二殿は逸脱できなかったと――」

「宗二は働きのある茶人です。己のやれることを精いっぱいやりました」

利休には、そう答えるしかない。

やがて庭木が途切れると、視界が開けてきた。

その先の待合(まちあい)では、二人の小姓を従えた一人の若者が立ったまま待っていた。

――あれが関八州の太守か。

邪悪と奸謀の権化である秀吉の相手は、あまりに線が細い青年だった。

「あれにおわすのが北条左京大夫です」

庭に付けられた飛石が終わり、氏直とおぼしき人物と三間(けん)(約五・五メートル)

ほどの距離になった時、利休は深々と頭を下げた。

「千利休でございます」

「北条左京大夫に候」

　型通りの挨拶を終えると、利休は言った。

「この庭と草庵は宗二の作ですね」

「はい。宗二殿に頼み込み、この鄙の地に都の風雅を持ち込んでもらいました」

　氏直が涼やかな笑みを浮かべる。

　宗二は庭園の一木一草の種類や形まで吟味したのだろう。木漏れ日によって、草庵に掛かる影まで工夫したに違いない。

　南向きに建てられた草庵の屋根は柿葺き切妻造りで、軒先を長く延ばして土間庇を作っている。躙口は東端に付け、茶会に来た客が西から東に向かうようにしてある。西日の強い夕方には、影が長く伸び、風情のある陰影が庭や草庵の粗壁に刻まれたことだろう。

　蹲踞は山中の古寺で見つけたらしい四方仏だった。側面は薄く苔を付けたままだが、水溜まりと上面は、清潔感を出すため磨かせてあるのが心憎い。

礼式に則り、利休が蹲踞の前に立って手と口を清めると、氏直が言った。

「今日は、宗匠に主人役をお願いできますか」

「不調法でよろしければ」

「ぜひ」と言って、氏直が躙口に身を滑り込ませる。

江雪斎の方を見ると、「私は、ここでお待ちしております」と答えた。

「分かりました。では、一客の茶事ということで――」

江雪斎がうなずくのを見た利休は、茶立口に向かった。

その途次、壁に立て掛けられた露地傘が目に入った。すでに朽ちかけているが、倒れないように傘の端近くに掛緒が付けられ、壁に打ち付けられた小さな釘と結ばれている。そうした細かい配慮も宗二らしい。

――そうか。宗二は「野の道を行く」意志を、この傘に託したのだな。

その傘こそ、都を追われた宗二の万感の思いを象徴しているように感じられた。

## 十六

茶立口から中に入ると室内が仄暗い。外光を入れるのが嫌だったのか、宗二は草庵内に二つの下地窓しか空けていなかった。それでも北側に床を、西側に炉と点前畳を設けることで、曇天の日でも点前がよく見えるよう配慮はしている。

床には、宗二が所持していた「霊昭女図」が掛けられていた。この絵は、かつて武野紹鷗が所有していたと伝わるもので、入手した時、宗二はたいそう喜んでいた。

だが紹鷗の弟子の利休は、「霊昭女図」を紹鷗の茶室で見たことはなかった。

それでも利休は気を遣い、そのことを告げずにおくと、宗二は「これは紹鷗様のものではありませんね」と言う。その理由を問うと、「茶会の折、尊師は一瞥もくれませんでしたから」と答えた。

さすがの利休も、その時の宗二の観察眼には感嘆した。

だがそうしたことも、すでに宗二の思い出になりつつある。

利休は一礼すると、棕櫚の円座に座って点前を始めた。

「宗匠は殿下の命を受けて城内に参られたのですか。それとも――」

氏直が疑り深そうな視線で利休を見る。

「望んで参りました」

「やはり、そうでしたか」

氏直はうなずくと、続けて問うた。

「わが詫び言を聞いてくれる余地が殿下におありなら、宗二殿が使者を連れて戻ってくると思っておりました。ということは、宗二殿は――」

「宗二は、もうここには戻りません」

それだけで氏直はすべてを察したようだ。宗二のことは、それから一切問わなかった。

「では、宗匠はいかなる用向きで、この城に参られたのですか」

庭の筧が石を叩く。蟬の鳴く季節にはまだ早く、その音だけが静寂を破っている。

「城を開けることを勧めに参りました」

「城を開ければ、当家の存続は叶うのでしょうか」

期待を持たせるような言葉を並べて開城に持ち込むようなことを、利休はするつもりはなかった。

「城を開けても、殿下は北条家を赦免するとは仰せになっておりません」

「やはり、そうですか」

宗二好みの荒肌の尻張釜から湯気が上がり始めた。湯気を隔てていないと、憔悴のあらわな氏直の顔を見ていられない。

「当家が滅亡し、それがしが腹を切るのは仕方ないとしても、わが父や宿老どもには何の罪もありません。それを認めてもらわないと城を開けるわけにはいきません」

「では、二十万を超す殿下の兵と戦うと仰せですか」

氏直の片頰が引きつる。それほどの大軍勢がやってくるとは思わなかったのだ。

利休が自らの立場をはっきりさせる。

「城内にいる人々の命も含め、私に保証できることは何もありません」

「では、宗匠は何のためにお越しになられたのか」

氏直が少し鼻白む。

「民百姓を救うためです」

「そのためには、どうすればよいのですか」

「殊勝な態度で、殿下に慈悲を請うしかありません。それが叶えば、この城にいる民百姓の命だけは救ってくれるはずです」

氏直が肩を落とす。その顔には、「それさえも保証できないのか」という落胆があらわだった。

「しかしやり方次第で、城攻めはやめさせられるかもしれません」

「やり方次第と仰せか」

「はい。殿下は東国に豊臣家の武威を浸透させるため、どうしても小田原城を力攻めで落としたいのです。しかし北条家が保有する貴重な品々を焼尽されるのも困るのです」

「それは分かりますが――」

「まずは一服」

利休が、宗二の置いていった黒楽に練った茶を勧める。

「ああ、なんと――」

氏直の顔が瞬時に陶然とする。

「これが都の茶なのですな」

「茶の味は心の持ちようです。都も鄙もありません」

「仰せの通り。心の持ちよう次第でうまくもなり、まずくもなる。それが茶の湯なのですね」

「お分かりいただけましたか」

「はい。とくと――」

利休が威儀を正す。

「では、向後の段取りをお話しします。ただし、わが言を一つたりとも違えてはなりません」

「分かりました。それでわが領国の民が救われるなら、仰せのままにいたします」

氏直の顔をしばし見つめた利休は、淡々とした口調で段取りを語り始めた。


その帰途のことだった。江雪斎に策を語りながら大手門を出た時、迎えに来た黒田孝高の陣中にいた少庵が、転ぶようにして飛び出てきた。

「義父上！」

「少庵、いかがいたした」

「あれを」

少庵が指差す先を見た利休は、初めそこに何があるのか分からなかった。だが西日を背にし、何かが立てられているのは見える。

「宗匠」と孝高が進み出る。

「あれに見えるは宗二殿です」

「何と――、宗二があれに架けられていると仰せか」

「はい。宗二殿はあそこで磔刑に処されました。それがしは止めたのですが、殿下は宗匠が城を出るのに合わせて見せるようにと、石田殿に命じ――」

孝高が無念をあらわに言う。

「それで宗二は、まだ生きているのですか」

「はい。生きていることは生きております」

孝高の顔が苦渋の色に満たされる。

「まさか、何かされたのですか」

「鼻と耳を削ぎ落とされています」

「何と酷いことを――」

「三成めは何人たりとも近づけてはならぬと申し、柵で囲って番士まで付けております」

三成嫌いの孝高は、遂に三成を呼び捨てにした。

「ああ、宗二――」

利休に言葉はなかった。つまり宗二はとどめを刺されず、磔台に縛られたまま出血多量で死ぬのを待つことになる。

「宗匠、もはや宗二殿は救えません。しかしこの城は救えます。心を強く持ち、殿下に無礼なきよう心掛け下さい」

孝高が強い口調で利休を諫める。

「もちろん、心得ております」

「では、何も申しますまい。ただ――」

孝高が疑念の籠もった視線を向ける。

「小田原城内の連中と何かを企んでおるのではありますまいな」

「私は一介の茶人。何を企むというのですか」

「そうでしたな。宗匠ほど分をわきまえておる方はおりませんからな」

孝高の言は皮肉に聞こえる。

――警鐘を鳴らしているのだな。

孝高ほどの才人なら、相手の顔色から本心を見抜くことは容易だろう。利休は平静を装っていたが、大手門前にいる江雪斎の顔色などから、孝高は何かを感じ取ったのかもしれない。

「では、殿下の許に参りましょう」

江雪斎に一礼した利休は、孝高の先導で笠懸山の仮本陣へと向かった。

## 十七

「ははは、まさか本当に宗二の鼻と耳を削ぎ落とすとは思わなかっただろう」

秀吉が狂気じみた笑い声を上げる。

胸の内に渦巻く嵐を抑え、利休は沈黙を守っていた。

「それで『吾妻鏡』はどうした」

「江雪斎殿によると、しかるべき支度を整えてから運び込むとのことです」

「それはよかった。ほかの宝物（ほうもつ）はどうだ」

「『吾妻鏡』と共に運んでくるそうです」

「そうか。これで一安心だな」

本来、秀吉は『吾妻鏡』のような文化財に興味はない。だが周囲から「たいへんな値打ちがある」「この世に二つとない」などと言われると、どうしても手に入れたくなる。それらのものの大半は収奪された後、大坂城の蔵にしまわれて終わる。

「江雪斎殿は城も開くと申しております」

利休は嘘を言った。

「それは話半分に聞いておく。そう容易には、隠居と当主の間で話がまとまるとは思えぬからな」

北条家中も一枚岩ではない。隠居の氏政は徹底抗戦を唱え、一刻も早く話をまとめ、城を開きたいと主張する当主の氏直と反目していた。そうした情報を、すでに秀吉は摑んでいるのだ。

「北条をご赦免下さい」

「まずは『吾妻鏡』を手に入れてからだ」

秀吉は頑（かたく）なだった。天下の名城として名を馳せた小田原城でも落とせることを、参陣諸将や関東の領民に知らしめたいという欲望が頭をもたげてきているに違いない。そうなると、もう誰にも秀吉を止められない。

「ところで利休、宗二を見に行かんか」

「さようなことは無用です」

「弟子の最期を看取りたくはないのか。そうだ。彼奴にはずっと水を与えていない。そなたが手ずから水を飲ませるなら、特別に許そう」

「なにゆえ、かように酷い仕打ちを――」

内心から立ち上る怒りの焔を、利休は懸命に抑えた。

「そなたは分かっておらぬようだな」

問わぬでもよいことを問うてしまったことを、利休は悔やんだ。

「朝廷の信任厚い豊臣家の滅亡を願うということは、天子様への反逆を意味する。さような謀反人に与える水などない。だが此度は、そなたが勇を鼓して城内に入って話をつけてきたことを賞し、水のいっぱいくらいは許してやる」

秀吉の小さな背を見ながら歩いていると、やがて懸崖舞台の横に立つ十字が見えてきた。

背中で手を組んだ秀吉は、庭でも散歩するかのように歩いていく。磔台が近づくにつれ、異臭が漂ってきた。それが血の臭いであることに、利休は気づいた。

「利休、こっちだ」

秀吉の手招きに応じ、利休が磔台の正面に立った。

――ああ、なんという。

宗二は鼻と耳からおびただしい血を流し、首を垂らしていた。磔柱を伝って落ちた血が、地面に大きな血だまりを作っている。

「宗二、気分はどうだ」

秀吉が病気の友を見舞うように言う。

宗二は頭を起こすと、ゆっくりと目を開けた。

「なんだ、藤吉か――」

その声は聞き取りにくい。おびただしい血で鼻が詰まっているからだろう。

「ははは、藤吉はよかったな。久しぶりにその名を呼ばれて昔を思い出したわい。それにしても、そなたも粘り強いの。まだ死なぬか」

「ああ、もう少しこの痛みと屈辱を味わっていたいのでな」

「なぜだ」

「そなたへの恨みを、もっと強くしてから冥府に旅立ちたいのだ。ぐふふふふ」

宗二は笑おうとしたが、かつて鼻のあった場所から、血を噴き出しただけだった。

「そうか。あの世で存分に恨むがよい。わしは、すでに多くの者から恨まれておる。茶人一人が増えたくらいで、びくともせぬわ」

「さすが藤吉、そうこなくてはな」

「当たり前だ。そなたの恨みなど芥子粒（けしつぶ）にもならん」

「芥子粒か。そいつはよかった。そなたも芥子粒のような男だからな」

二人が笑い合うという奇妙な光景を、利休は茫然と見ていた。

「ときに宗二、そなたの師匠も、そなたの無様な姿を見に来ておるぞ」

驚いたように宗二が顔を上げる。それで初めて利休がいることに気づいたようだ。

「ああ、尊師——」

宗二の顔に初めて動揺の色が走る。

「宗二、何という——」

それ以上、言葉は続かない。

「尊師、私は、こういう死に方ができて本望です」

宗二が胸を張る。

「天下の武将や公家たちが藤吉ごときにひれ伏す中、私だけが意地を貫きました」

――もはや宗二には、それだけが寄る辺なのだ。

だが秀吉の前で、それを是認することはできない。

利休は話を転じた。

「殿下の思し召し（おぼ）で、そなたに水を飲ませることを許された」

「水と仰せか」

宗二がぎょろりと目を剝く。さすがに水は飲みたいらしい。

「そうだ。宗二、さぞかし水が飲みたいだろう」

秀吉は下卑た笑みを浮かべると、周囲に拝跪（はいき）する従者に命じた。

「宗二を下ろしてやれ」

「待て、藤吉、要らぬ世話だ」

秀吉の情けを宗二は一蹴した。

「なんと、水を飲みたくないのか。いくらでも飲ませてやるぞ」

秀吉は小姓から竹筒を受け取ると、喉を鳴らして飲んでみせた。

「箱根の水というのは冷たくてうまい。のう、利休」

「は、はい」

それでも宗二は決然として言った。

「要らぬことだ」

「なぜだ」

「そなたは死ねば、あの世で餓鬼になる。餓鬼は人の便を食らうというが、そなたが寄ってきた時、水気のない固い便をしてやれば、そなたは食えぬからな」

「はっははは」

秀吉が手を叩いて笑う。

「よくぞ申した。さすが宗二だ」

だがその声には、凄まじい怒りが籠もっていた。

「要らぬのなら、水は与えぬ」

そう言うと秀吉は、竹筒に入った水を地面に垂らした。

「飲みたいのう、宗二」

「そなたの水など、誰が飲むか」

「では、そこで苦しんでいろ」

「苦しむのはそなたの方だ」

「何だと。なぜ、わしが苦しむ」

宗二が笑い声を上げながら言う。

「そなたの渇きや飢えは死ぬまで続く。この世のあらゆるものを手に入れても、そなたの欲は収まらん。苦しんでいるのは、わしではなくそなたなのだ」

「何だと――」

秀吉の顔が怒りで紅潮する。

――その通りだ。殿下は欲の囚われ人となっている。おそらく死ぬまで囚われたままだろう。そこから脱することはできない。

確かに秀吉ほど哀れな生き物はいない。

「行くぞ」

秀吉がその場を後にする。その背に宗二の声が掛かった。

「藤吉、六道の辻で待っているぞ。早く来い。ははは」

銅鐘のように底冷えした宗二の笑い声が、箱根の山にこだましていった。

その二日後、宗二は息絶えた。その顔には幾重にも血がこびりつき、流れ出る血が口の中にまで入り込んでいた。喉の渇きは想像を絶するほどひどかったはずだ。それでも宗二は水を拒否した。

おそらく秀吉は宗二に水を与え、少しでも苦痛を長引かせようと思っていたに違いない。だが宗二は秀吉の底意を見抜き、自ら死期を早めたのだ。

宗二の遺骸は利休に下げ渡された。だが一切の供養は禁じられ、いかなる寺の墓に入れることも許されなかった。それゆえ利休は少庵と二人で宗二の顔と体を拭い、近くの山に埋めて卒塔婆(そとうば)を一本立ててやった。

——宗二よ、恨みを忘れて安らかに眠るのだぞ。わしも、すぐそちらに行く。

卒塔婆に手を合わせながら、利休は宗二に別れを告げた。

## 十八

小田原城を囲んだまま、月日は瞬く間に過ぎていった。その間、豊臣方の諸隊は関東各地に広がる北条方の諸城を攻略して回り、いくつかの城を残して関東を制圧した。この情報は小田原城内にも入っているはずで、次第に氏政ら主戦派の発言力が衰えていくのは明らかだった。

六月、小田原にいる利休の許に紹安から書状が届いた。それを見た利休は驚愕した。そこには「伊達政宗殿が、殿下に臣従すべく小田原に参ります」と書かれていたからだ。

秀吉は奥羽の諸大名に対して自らの許に伺候し、従属を誓うよう命じていた。その結果、多くの大名や国人が小田原にいる秀吉の許に出仕し、臣従を誓っていた。政宗が臣従を決意するまでには、紆余曲折があったはずだ。むろん紹安だけの力でないだろう。だが紹安は茶事を通じて上方の情勢を伝え、秀吉に膝を屈する理を説いたに違いない。

そして六月五日、伊達政宗が小田原に参陣した。明らかな遅参だったので当初、秀吉は政宗に会おうとしなかった。それでも双方の間を手筋の者たちが走り回り、何とかとりなそうとした。しかし秀吉は頑なにそれを拒否した。

政宗は秀吉の出した「関東・奥両国惣無事令」を無視し、蘆名（あしな）氏を滅ぼし、その領国を自らのものとしたという事実があり、秀吉はそれが許せなかったのだ。だが秀吉は「会わない」とは言わず、政宗に底倉温泉で謹慎するよう命じた。

利休の陣所は、富士山のよく見える畑の平という場所にある。この地は笠懸山へと続く尾根上にある平坦地で、城の完成が近づいたので、早川右岸にあった陣所から移ってきたのだ。

その陣所で、父子は久方ぶりに再会した。

土間で竹を切る利休の背後で、紹安が問う。

「父上は何をおやりで」

「見ての通りだ。竹花入を作っている。茶人が最後にたどり着くのは――」

「茶杓と花入ですね」

「うむ。それ以外の茶事に使う道具は、すでにあるものか、誰かに頼んで作ってもらうものだ。茶人が手ずから作れるものは、その二つだけだ」

「それは分かりますが、既存のものではだめですか」

「ああ、自らの考えを形にすることで侘は生まれる」

利休は立ち上がると、すでにできた竹花入を手に取って紹安に渡した。

「これは胴に節を二つ取り、上部に一つだけ窓を開けてみた。下部には雪割れが二筋入り、少し重なっているだろう。ここに妙味がある」

「なるほど」

「この花入は銘を『園城寺』とした」

「つまり『破れ鐘』にかけたのですね」

伝説の類にすぎないが、園城寺には弁慶によって奪われ、比叡山に引きずっていく途中で谷底に投げ入れられて割れた「破れ鐘」という名物の鐘がある。

「そうだ。これをそなたにやろう」

「私は旅の茶人なので、道具は要りません」

「そうだったな。では少庵にでもやるか」

「それがよろしいかと」

再び作業に戻ろうとする利休に、紹安が語る。

「殿下が嬉々として伊達殿を迎えるとは思いませんでしたが、このままではよくて改易、悪くすると切腹に処されます。そんなことになれば、豊臣政権への臣従を勧めた私も命を絶たねばなりません」

利休が厳しい声音で言う。

「そなたは武士ではなく茶人だ。命を絶つなどと軽々しく言うものではない」

「しかし、われらにも矜持があります」

「では、いかにして死ぬ」

「はて、鴆毒でもあおりますか」

「やはり、腹は切れぬか」

「はい。そんなことをすれば、殿下は当てつけのように思います」

「どうしてだ」

「武士は、その死に際の美しさで後世の評判が定まります。とくに切腹は武士の美学の到達点でしょう。つまり切腹という自裁の方法だけは独占しておきたいはず。それを武士以外の者が行えば、武家の棟梁を自任する殿下は不快になるに違いありません」

竹花入をもてあそびながら、利休は押し黙った。

——切腹は当てつけか。

焦慮をあらわに紹安が続ける。

「何らかの手立てを講じないと、伊達殿は殺され、奥羽は戦乱に見舞われます」

そうなれば餓狼と化した豊臣勢が、われ先にと白河の関を越えていくのは火を見るより明らかだ。

利休が竹花入を示しながら言った。

「いいことを思いついた」

「何でしょう」

「殿下は端正なものを嫌う。その逆に『破れ鐘』のような奇抜を好む。それは人も物も同じだ」

「どういうことですか」

「まあ、見ていろ」と言うや、利休は『園城寺』を得意げに示した。

その男は片目だった。子供の頃に疱瘡か何かを患ったのか、あばた面で、お世辞にも美男子とは言い難い。だがその片目の眼光は鋭く、相対する人の内面まで見透かすかのようだ。

底倉温泉は、早川とその支流の蛇骨川の合流地点を見下ろす場所にある湯治場だ。

古来、箱根修験の「隠し湯」として知られ、箱根山を越えていく旅人の休息所の役割を果たしてきた。

その湯だまりの一つに、片目の男はつかっていた。

「お初にお目にかかります。千利休と申します」

手巾で急所を隠しつつ、利休が名乗った。

殺されると思ったのか、片目の男は反射的に身構えたが、利休が手巾以外持っていないと知ると、体の力を抜いた。

「伊達左京大夫に候」

温泉につかりながら男が名乗る。

「遠いところ、よくぞお越しになりました」

「奥羽など、さほど遠くはありません」

政宗は秀吉の扱いに鬱屈があるのか、利休への対応も横柄だ。

利休は湯だまりに入り、ちょうど対面できる位置に座った。

「伊達殿のお国にも湯は出ますか」

「もちろん出るところはありますが、さほど多くはありません」

「そうですか。この底倉の湯は体にいいと聞きます」

こうした探り合いのような話が嫌いなのか、政宗がうんざりしたように言う。

「それがしは湯につかりに来たわけではありません。殿下からここにいるよう命じられたので、致し方なく湯につかっております」

「ははは、尤（もっと）もなことです」

「ときに——」

政宗が射るような視線を向けてきた。片目なので眼差しはいっそう鋭い。

「殿下は、それがしをお斬りなさるか」

「随分と単刀直入ですな」

「そうした性分なものですから」

「生かすも殺すも、殿下の胸三寸ですな」

「宗匠は殿下の意を受け、ここにいらしたのではありませんか」

「いいえ。己の意思で参りました」

「では、それがしは死を賜るわけではないのですね」

「今のところ、そうなります」

「今のところか――」

政宗が苛立つように湯を払う。

「短慮は禁物です。殿下は伊達殿を試しておられるのですぞ」

「試しておられると――」

政宗が首をかしげる。その動作には青臭さが残り、政宗がまだ二十四歳にすぎないことを利休に思い出させた。

「そうです。伊達殿に奥州の統治を任せられるかどうか、殿下は試しておられるのです」

「では短慮を起こさず、おとなしくしていれば、わが領国を安堵いただけると――」

「それは難しいかもしれません。少なくとも『関東・奥両国惣無事令』が出てから奪った所領は返上いただくことになるでしょう」

「それはおかしい。それがしが奪い取った南奥州三十余郡は蘆名の領国であり、殿下のものではありません。しかも蘆名が殿下の傘下に入っていたわけでもないので、殿下にとやかく言われる筋合いはないはず」

政宗の言は理に適っている。

――だが、それを言ったらおしまいだ。

「伊達殿は、それを殿下の前で言えますか」

政宗が頬を膨らませて横を向く。

「そんなことを言えば、その場で首が飛ぶことになります」

「ふん」と言って鼻で笑うと、政宗が鼻息荒く続けた。

「われらは、多大な犠牲を払って蘆名領をわがものとしたのです。そこから立ち退(の)くとなると、家中が黙っていません」

政宗が昂然(こうぜん)と胸を張る。

「すでに恩賞として、所領を分け与えたと仰せか」

「その通り。それを取り上げるなど言語道断」

「では、伊達殿は囚われの身となり、伊達家は改易となります」

政宗の顔が強張(こわば)る。

「そんなことにでもなれば、わが家臣たちが一揆を扇動し、徹底的に戦う手はずになっております」

案に相違せず、政宗は万が一に備えていた。

――だが殿下は、そんなことを気にしない。となれば奥羽両国は大混乱に陥り、多くの者が死ぬ。

利休がため息をつきつつ言う。

「私はそうならないよう、ここにこうして来ております」

「本当に殿下の意を受けておられぬのですね」

「もちろんです。私が伊達殿を欺（あざむ）くことに、どのような利があるでしょう」

政宗もそう思ったのか、しばし考えた末に言った。

「分かりました。どうせ捨てた命だ。宗匠を信じましょう。で、どのような手立てをお考えか」

「それは、茶でも喫しながら話しましょう。伊達殿もご存じのわが息子・紹安が、底倉の農家の離れを借りて、にわかごしらえの茶室を造っております。そちらの支度が、そろそろできる頃です」

「そうでしたか。草庵で宗匠の茶が喫せるのですね。小田原まで来た甲斐がありました」

政宗が立ち上がる。その体は筋骨隆々としており、政宗が武辺者であることを主張していた。

六月九日、利休のとりなしで政宗は秀吉に面会した。その時、政宗は鎧（よろい）の上に純白の陣羽織を着て、髪の毛を禿刈り（かむろがり）（ざんぎり頭）にして現れた。

その奇抜な姿を見た秀吉は、一目で政宗を気に入った。

秀吉は拝跪する政宗の首筋を馬鞭（ばべん）で三度叩き、「もう少し遅かったら、この首が落ちていたぞ」と言って笑った。

政宗は利休に教えられた通り、「それがしが奪った蘆名領すべてを、殿下に献上いたします」と言って平伏した。

この一言で秀吉は上機嫌となり、その場で伊達家の本領を安堵した。

## 十九

小田原城はいまだ落ちていなかった。秀吉は関東各地に広がる北条方諸城を攻略し、小田原を「裸城」としてから惣懸りを命じるつもりでいるらしい。さもないと諸将は背後から攻め掛かられるのを気にせねばならず、惣懸りの行き足が鈍るからだ。

　六月十四日、頑強な抵抗を続けていた武蔵国の鉢形城が降伏開城し、二十三日には八王子城が壮絶な落城を遂げた。いまだ籠城を続けている城はいくつかあるものの、豊臣方小田原包囲陣の背後から兵を繰り出せる城はすべて潰え、小田原城への惣懸りの条件が整った。

　二十六日には笠懸山の新城も完成し、秀吉は盛大な落成の宴を開いた。すでに勝利は確実なものとなっているため、秀吉は大坂から側室の淀殿を招き、さらに公家、楽師、連歌師、能楽師などまで呼び出し、まさに「京の都を小田原に運んでくる」ことを実現した。

　秀吉は「悉」と大書された金扇を掲げ、狂ったように舞い踊った。

「悉」とは秀吉の最も好む言葉で、「ことごとく」という意味がある。

　秀吉の人生はここに極まったのだ。

　こうした動静は城内にも伝わる。北条家中はまだしも、城内にいる国人の間に動揺が広がり、中には集団で脱走する者まで現れた。

　これでは戦にならない。遂には重臣筆頭の松田憲秀が、豊臣方に内応するという事態を招き、籠城戦は限界を迎えた。

　七月に入り、氏政・氏照兄弟ら主戦派は意気消沈し、全権は当主の氏直に委ねられた。

　そして七月五日、遂に氏直は城を出る。


　秀吉の怒号が笠懸山に轟く。

「何だと、北条氏直めが茶筅の陣所に入ったと申すか。なぜ豊臣家中の陣所ではないのだ。いったいどういうことだ！」

　茶筅とは織田信雄の幼名だ。

　石田三成が汗を拭きつつ報告する。

「それだけならまだしも、ちと、ややこしいことになっております」

「何がややこしいのだ」

「それが――、織田中納言の陣所に入った氏直は、宝物を積んだ荷車を連ねているとのこと」

「その中には『吾妻鏡』もあるのか」

秀吉の目の色が変わる。

「はい。そのようです」

「ややこしくも何ともない。それらを茶筅に押収させ、後で茶筅から取り上げろ」

「それが、ちと違うのです」

三成が言いよどむ。

「何が違う。さっさと荷車の宝物と共に氏直をここへ連れてこい」

「それができないのです」

「できないだと。どういうことだ」

ようやく秀吉も、ただならぬ事態が出来(しゅったい)していることに気づいたらしい。

「氏直と共に織田殿の陣所に入った板部岡江雪斎が、織田中納言を呼び寄せ、『吾妻鏡』を見せたのです。中納言も数寄者なので、夢中になって見ていたところ、背後から――」

「背後から、どうしたというのだ」

秀吉が身を乗り出す。

「江雪斎が織田中納言を取り押さえ、その喉首に短刀を突き付けたのです」

「えっ」と言って、秀吉が絶句する。

「あまりのことに織田家中も取り囲むだけで、手をこまねいておるとか」

「なぜだ！　何のために、さようなことをする！」

「江雪斎は、城を開いて中にいる者どもを解放するので、それが終わるまで攻撃しないでほしいと申しておるとか――」

「何と馬鹿なことを――。撫で斬りだ」

石田三成が困惑したように言う。

「撫で斬りなどすれば、織田中納言の喉首がかき切られます」

秀吉が鼻で笑う。

「そんなことは知らん。茶筅も武士の端くれなら、己の油断から生じたこととして、甘んじて死を受け容れることだ」

「ところが――」

三成が言いにくそうに続ける。

「宝物にも火薬を仕掛けてあるとか」

「何だと。つまり北条方は茶筅と宝物を質にしたのか」

「そういうことです」

「殿下」と言って黒田孝高が発言を求める。

「北条家の宝物には『吾妻鏡』はもとより、玉澗（ぎょくかん）の『遠浦帰帆図（えんぽきはんず）』をはじめとする貴重な品々があると聞きます。それらは何物にも代え難いものです」

「そんなことは分かっておる！」

秀吉が、歯茎をせり出すようにして歯ぎしりする。低いうなり声が聞こえるのは、怒り心頭に発している時の癖だ。

「何があっても、さようなことをした者どもを許すわけにはまいらん。構わぬから茶筅もろとも鉄砲を撃ち掛けろ」

「お待ち下さい」

今度は蒲生氏郷が膝をにじる。

「それは、よきお考えではありません。殿下にとって主筋の織田中納言です。鉄砲で撃ち殺したとあっては、殿下の評判が地に落ちます」

「何だと！」

細川忠興も口添えする。

「それがしも蒲生殿の意見に賛同します。北条家の態度は許し難いものですが、雑兵や民百姓どもを解放しても、豊臣家の威信に傷が付くとは思えません。そうした度量ある態度を示せば、逆に殿下の評判が上がるのではないでしょうか」

「悉」と書かれた扇子で首筋を叩きながら、秀吉が歩き回る。

「茶筅と宝物を救う手は、ほかにないのか」

独り言のように言ったかと思うと、突然、秀吉の視線が利休に向けられた。

「まさか、利休――」

続いて秀吉の怒号が轟く。

「そなたが北条に入れ知恵したのではないな！」

「何を仰せか」

半ば予期していたことだが、秀吉の鬼気迫る形相を見ると、さすがの利休も背筋がぞっとする。

「城内に入った者は、そなたしかおらん」

「私は知恵など授けていません。北条とて頭はあります。ない知恵を絞ったのでしょう」

「そんなことはない。それほど彼奴らが賢いなら、城を包囲される前に何とかしておったわ！」

　諸将もそう思ったのか、失笑が漏れる。

「殿下」と、徳川家康が発言を求める。

「口惜しいのは分かりますが、天下人として短慮はいけません。ここは隠忍自重し、北条の言うことを聞き、後で氏直や隠居らの首を落とせばよいだけのこと」

「徳川殿はそう思うか」

「はい。織田中納言の命と貴重な宝物を救えば、殿下の評判は天を衝くばかりになります」

「そうか――」

　秀吉は冷静さを取り戻しつつあった。

「考えてみれば、敵ながら天晴れな手を打ちおったわ」

　秀吉は乱杭歯をせり出すと、扇子を広げて高らかに笑った。

「北条ごときに見事にしてやられたわい。彼奴らの望み通り、城の大手門を開けて雑兵と民百姓を解放してやれ。手出しは一切無用だ。もしも追いはぎのような働きをした者がおったら、その主もろとも首を落とす。佐吉！」

「はっ」と言って三成が平伏する。

「今、わしが申したことを、すぐに全軍に布告せよ」

三成が不満げに言う。

「しかしそれでは、北条の言いなりではありませんか」

「それは分かっておる。では、ほかに何か手はあるのか」

「いいえ」と言って三成が頭を垂れる。

「だったら、早く使者を出せ！」

「はっ」と言うや、三成が雷にでも打たれたように飛び出していく。

「利休は大手に赴き、このことを北条方に伝え、雑兵と民百姓が解放されるのを見届けた後、茶筅の陣所に行き、茶筅を救い出せ。もしも手違いが生じたら、そなたの命もないと思え」

「承知仕りました」

利休が一礼し、その場を後にしようとした時、背後から秀吉の声が掛かった。

「利休、わしの輿に乗っていけ。輿は手形と同じだ。何の誰何も受けず、どこへでも入っていける」

「ご配慮、ありがとうございます」

「それから茶筅には、解き放たれても、北条の者どもには一指も触れてはならんと伝えよ。氏直はわしの輿に乗せて運んでこい。江雪斎も一緒だ」

「仰せのままに」

向き直った利休が腰を折ると、つかつかと進み出た秀吉が、扇子で利休の顎を起こした。

「此度はしてやられたが、わしを甘く見るなよ」

それに答えず頭を深々と下げると、利休は秀吉の輿に向かった。

――黒田殿、蒲生殿、細川殿、まことにあいすまぬ。

口裏を合わせていなくても、阿吽（あうん）の呼吸で調子を合わせてくれた三人に、利休は心中礼を言った。

――だが内府までもが、力を貸してくれるとは思わなかった。

秀吉の輿に乗った利休は苦笑いしつつ、笠懸山を下っていった。

この後、大手門前に着いた利休は、北条家の重臣を呼び出してこのことを伝え、雑兵と民が解放されるのを見届けた後、信雄の陣所に赴いた。

すでに日は沈み、篝が赤々と焚かれる中で、江雪斎が背後から信雄を締め上げていた。信雄は半ば茫然として白目を剝き、意味不明の呟きを発している。利休が織田家中に秀吉の意向を伝え、江雪斎に「すべて終わりました」と告げると、江雪斎はようやく力を抜いた。

次の瞬間、信雄がその場にへたり込んだ。

利休が江雪斎の労をねぎらおうと近づいていくと、悪臭が漂ってきた。見ると信雄は大も小も垂れ流していたのか、その袴は濡れ、一部は乾いて何かがこびりついていた。

信雄を助けようと慌てて近づいてきた織田家中も、あまりのことに手をこまねいている。

それでも箯輿（担架）が用意され、信雄はいずこかへと運び出された。

それを見送った利休は、織田家に囚われていた氏直を連れてこさせると、肩を抱くようにして秀吉の輿に乗せた。

利休は江雪斎と共に輿の脇に付き、笠懸山へと向かった。

かくして小田原合戦は終わった。北条家は改易とされ、主戦派と目された隠居の氏政とその弟の氏照、さらに宿老二人が切腹となったが、氏直は許されて高野山に送られることになる。

江雪斎も秀吉から「主家のために天晴れ」と称賛され、豊臣家の直臣に召し抱えられた。

一方、信雄は翌天正十九年（一五九一）三月、秀吉から大坂城に呼びつけられ、尾張・伊勢・伊賀三国百万石の改易を申し渡される。家康の関東移封に伴い、信雄には家康の元領国二百五十万石が与えられたが、織田家墳墓の地である尾張を離れたくないと言い、秀吉の勘気をこうむったのだ。

小田原征伐を終わらせた秀吉は、名実共に天下人となった。

だがそれは、利休にとって秀吉との新たな戦いの始まりだった。

# 第五章

# 静謐

# 一

北条氏の処分を終えた秀吉は、七月十七日、小田原を後にし、出羽・陸奥両国の仕置を行うべく奥州へと向かった。

秀吉は小田原に出仕してきた南部信直や佐竹義重らの所領を安堵する一方、大崎義隆、葛西晴信、白河（小峰）義親ら出仕してこなかった大名や国人の所領を没収した。また蒲生氏郷に旧蘆名領などを与え、奥州統治を託すことにした。氏郷は当初四十二万石、後に加増されて九十一万石もの大領を得ることになる。

氏郷は秀吉のお気に入りだが、その一方で、後に「利休七哲」の筆頭に挙げられるほど利休に心酔しており、この人事が、利休と氏郷を切り離す意図から出ているのは明らかだった。

八月十二日、会津黒川を後にした秀吉は二十二日、駿府に到着し、迎えに来た小西行長に明への出兵準備を命じている。そして九月一日、京に凱旋し、半年以上にわたる東国遠征を終わらせた。

一方、秀吉に随行せずに上方へ戻ることを許された利休は、その帰途、同じく帰還を許された古田織部と共に熱海温泉に寄っていくことにした。

利休と織部が入った湯は伊豆山の走り湯と呼ばれ、洞窟からわき出た湯が、走るようにして海に流れ込んでいる自然の湯治場だ。

晴れた空の下、二人は久方ぶりにゆっくりと語り合える機会を持てた。

「ここの湯は万病に効くと言われています」

「ほほう」

利休は長生きがしたいわけではないので、「万病に効く」と言われても、空返事をするしかない。

「尊師にとって、どうでもよいことでしたね」

「いや、まだこの老骨に鞭打たねばなりません。そのためにはこうした湯につかり、英気を養うことも大切です」

「そうでした。尊師には生きる大義がありますからな」

――大義か。

利休にとって、それは命と引き換えにしても惜しくないものだった。

「しかし人の命は永劫ではありません。おそらく次の仕事で、私も使命を全うするでしょう」

さらさらとした泉質の湯が肌に心地よい。

「次の仕事とは何ですか」

織部の問いに答えず、逆に利休は問うた。

「織部殿はいくつになられた」

「四十と八ですが」

「そうでしたか。お若いと思っていましたが、時の流れは早いものです」

「ははは、それがしもすでに老骨です」

織部がため息をつく。

「では、現世に未練はないと仰せか」

「ないと言っては嘘になります。しかし大義のためなら――」

「己の命を捨てる覚悟がおありなのですね」

「はい。この世を静謐に導くためであれば、わが命など要りません」

「見事なご覚悟。でもそのためには、私を飛び石のように踏み越えていかねばなりませんぞ」

織部の顔が曇る。

「それは容易ならざること。それがしにできるかどうか」

「できます」

「いかようにして」

「私は名物の時代を生きてきたこともあり、既存のものを値踏みすることはできても、新作を創案することは十分にできませんでした」

利休の生きた時代は、茶の湯が大きく変貌を遂げた時期でもあった。「東山御物」などの唐物名物偏重の時代から、侘の概念が発達するにつれ、作意が重んじられるようになる。それが今様創案の時代へとつながっていく。

「つまり尊師は、それがしに新たな何かを生み出せと仰せか」

「はい。そのうち私の時代も終わります。その時、新たな作意によって権勢を持つ者を茶の湯につなぎ止めておかないと、彼奴らは再びこの世を混沌に陥れます」

利休は知っていた。自らの死後、自らに倣う者が多く出てくることで茶の湯が衰退し、結果として権力者の横暴や武士の「猛き心」を抑える力を失っていくことを。

——侘とは、己の胸内の作意を形にすることだ。風情ある茶室や古びた茶道具という形式に堕した侘に力はない。誰かが独創的な作意で新たな侘を生み出し、武士たちをつなぎ止めておかねばならないのだ。

「今、尊師は権勢を持つ者と仰せになられましたが、それは殿下では」

織部の直截な問いに、利休は微笑みながら答えた。

「これまでの行きがかり上、私が殿下を抱いて谷底に身を投げねばならないのです」

「そ、それは、いかなる謂で」

織部が周囲を見回す。むろん近くに人はいない。

「殿下に天下を取らせたのは私です。その責は私が負わねばなりません。ただし私が何とかできるのは殿下までです。次代の天下人を操るには、別の傀儡子が必要になります」

「次代の天下人とは誰のことで」

「さて、誰になりますか——」

織部はうなずくと湯から出た。その逞しい体に付けられた傷が太陽に照らされて生々しく輝く。

「織部殿に傀儡子をやらせるのは、まことに心苦しいことです。しかし、それ以外に手はありません。その代わり、わが息子の紹安も手を貸します」

自らの死後、利休は武家茶人という織部の立場ではできないことを、紹安にやらせようとしていた。

「尊師、どうやら、われらの行く道は厳しそうですな」

「今われらと仰せになりましたが、これから私がすることに、織部殿はかかわってはいけません。私と織部殿が共に死ぬことだけは、避けねばならないからです」

「つまりここからの道行は、お一人で行くと――」

「そうです。織部殿の死に場所は、そのうち見えてくるでしょう」

利休の言葉に、織部が強くうなずいた。

# 二

九月二十三日、聚楽第で天下平定を祝した大寄せが行われた。諸侯はもとより公家や僧侶まで、当代を代表する武将や文化人が勢ぞろいし、まさに秀吉の天下を祝う一大祭典となった。

利休は茶頭として秀吉に代わり、小田原合戦で功を挙げた者たちに茶を献じた。

この時、秀吉は北条氏から奪ったばかりの玉澗の「遠浦帰帆図」を床に掛け、その下に鴫肩衝と紹鷗天目を置いていた。

四畳半茶室に入った利休は舌打ちした。

秀吉が作意として、肩衝と天目の間に野菊を一本挟んでいたからだ。

――どういうつもりだ。

その野菊が茶室内の調和を壊している。むろん、それが分からぬ秀吉ではない。

――つまり、わしがどうするか試しておるのか。

ちらりと正客の座を見ると、秀吉がその三白眼を光らせている。

――名実共に天下人となった己の作意を、一茶人にすぎぬわしがどう扱うか見たいのだな。

秀吉は利休に対し、向後も己に従うのか、反発するのかの試金石を置いたのだ。

――よかろう。

さりげなく座に着いた利休は、野菊を取ると片手で手折り、袖の中に入れた。

野菊の茎が折れる音を聞いた瞬間、己の死が確定したという気がした。

秀吉が怒りを抑えたような声音で言う。

「わしの天下など、そなたの袖の内か」

「さような寓意はありません。殿下が無粋を承知で置いた野菊を取り去ったまで」

「わしが無粋を承知しておったと申すのだな」

「はい」

「そうでなかったらどうする」

秀吉の薄い唇が震える。居並ぶ諸将は一様にうなだれ、咳一つしない。

「殿下、この利休の目は、節穴ではありませんぞ」

「ほほう。では何が見える」

「殿下のお気持ちが見えます」

諸将からため息が漏れる。

――そなたらにはできぬことだ。

居並ぶ者たちの中には、死をも恐れぬ武辺者もいる。だがそうした者ほど権力に弱く従順なのだ。

武士たちと接する機会が多い利休は、武家社会という序の中でしか生きられない武士の弱さを知っていた。

――しかし、そこに茶の湯が入り込んだ時、そうした序は崩れ始める。茶の湯は武士の魂を鎮める薬であり、また武士の序を突き崩す毒でもあるのだ。それは、茶室では皆同格という意味の「一視同仁」の思想にも表れている。

「わしの気持ちが、そなたには見えるのか」

利休は無言で黒楽を秀吉の前に置いた。

「黒（黒楽）か」

「はい。まだ無銘の黒茶碗ですが、形が気に入ったので使うことにしました」

「今様だな」

「仰せの通り。楽長次郎に焼かせました」

この黒楽は、後に「釈迦(しゃか)」と呼ばれる逸品になる。

「何やら近頃、そなたは今様にも高い値を付けて売っているそうだな」

「私が値を付けているわけではありません。売買は双方の折り合いが必要です。法外な値であれば、買い手は付きません」

秀吉が「ふん」と鼻を鳴らす。

「黒には濃茶の緑が映えぬ。ましてやこの茶室の暗さでは、茶碗の美しさも分からぬではないか」

「それでよいのです。茶道具は心眼で見ることも大切。茶碗の手触りを通して伝わってくる湯の温もりを確かめることで、その茶碗のよさが分かるのです」

「よう、言うわ」

秀吉の目に怒りの焔が灯る。

「減らず口を叩きおって。わしが黒を嫌っていることを知っておろう」

秀吉は常々、「黒で喫する茶は苦い気がする」と言って、同じ楽焼でも赤を好んでいた。

「はい。よく存じ上げております」

「では、なぜ黒を出してきた」

「天下人となった殿下には、最初の一服を黒で喫していただきたかったからです」

「何だと。わしは紹鷗天目で、天下人としての初めての茶を喫したかったのだ。あれこそ唐土の国王が天下を制した時に使うという天下人の茶碗だからな」

「天下人は――」

利休が泰然として言う。

「苦きものも飲み下さねばなりません」

秀吉の眉間に皺が寄り、目尻が震える。

「苦きものとは何か」

「殿下の心を乱す様々なことです」

「わしは天下人だぞ。心を乱すものなど何もない。そんなものがあれば踏みつぶすだけだ。これからは、わしの思うままにすべてを行えるのだからな」

秀吉が勝ち誇ったように笑う。

「いいえ、それは違います。天下人だからこそ、誰よりも苦い茶を飲まねばならないのです。それゆえ茶葉は『極無』としました」

「極無」とは唐渡りの最高級銘茶だが、日本人には苦みが強すぎ、この茶葉を好んで使った山上宗二の死後、滅多に使われない茶葉となっていた。

「『極無』は宗二の好んで使った茶葉ではないか！」

「仰せの通り」

「それをこの祝いの座で使ったのか」

利休がうなずく。

「どういうつもりだ。そなたは何が言いたい」

「『極無』は、宗二だけのものではありません」

「いいや。そなたは宗二の死を、わしに思い出させようとしておるのだ」

「それは違います。宗二は自ら墓穴を掘り、自らそこに入ったのです。誰かが責めを負うべきことでもありません」

「よう申した。そなたは――」

興奮したのか、秀吉は肩で息をし、次の言葉がうまく出てこない。

その時、思い余ったのか家康が口を挟んだ。

「殿下、せっかくの祝いの茶事です。ここは宗匠の無礼をご寛恕下さい」

「分かっておる！」

荒々しく黒楽を手に取ると、秀吉は一気に飲み干した。

「苦いがうまい。これが天下の味だ！」

秀吉が高笑いしたので諸将の緊張も解け、それを機に吸茶（すいちゃ）に移り、茶碗が回されていった。

その後、茶事は滞りなく進み、一同は祝宴へと引き上げていった。


利休が少庵と共に給仕をしていると、少庵がぽつりと言った。

「義父上は死に急いでおりますな」

「なぜ、わしが死に急ぐ」

「義父上は、宗二様に申し訳なく思っておられるのでは」

利休に目を合わせないようにして、少庵は黒楽を拭いている。

「そなたの目には、そう映るか」

「はい。義父上は宗二様に先に死なれたことが無念で、自らも死のうとしております。しかし――」

少庵は手を休めると、利休の瞳を見つめた。

「この戦いで大切なのは、いかに己の命を有効に使うかです。その点、宗二様は短慮から命を無駄にしました。それでも義父上の機知により、何とか小田原を救うことができたのは僥倖(ぎょうこう)でした。しかし今、義父上は宗二様の二の舞を演じようとしておられます」

確かに宗二の短慮は、己の命を失うだけでなく、小田原への惣懸りという最悪の事態を招きかねなかった。

「もうよい。すべては終わったことだ」

「義父上、己の命を大切にして下さい」

少庵が冷静な声音で言う。利休はつまらぬ意地を張ったことを悔いた。

「もはや、この世を救えるのは茶の湯しかない。だからこそ、わしは己を大切にせねばならない」

「お聞き届けいただき、ありがとうございます」

給仕を終わらせた利休が立ち上がると、道具の入った包みを抱え、少庵が後に続いた。

# 三

広縁に一葉の落ち葉があった。それを拾った利休は寝室に入ると、りきに問うた。

「これは、そなたが置いたのか」

「いいえ。それはどこに」

「縁にあった」

「風に吹かれてきたのでしょう」

りきは穏やかな笑みを浮かべている。

「何かをほのめかしているのかと思うたぞ」

「私が、ですか」

「ああ、『北風に吹かれて落ちる紅葉のように、命は儚いもの』とでも言いたいのかと思うた」

りきが顔の前で手を振る。

「私は利休の妻です。さような浅い寓意を主人に示しますか」

「それもそうだ。わしは、そういうそなたが好きだ」

「まあ」

りきが頰を赤くする。

「そなたは変わらぬの」

「そんなことはありません。私はもう老婆です」

二人が忍び笑いを漏らす。

「思えば、長き道のりだったな」

「ええ、あなた様に拾っていただき、本当によかったと思っております」

「そう言ってくれるか」

「はい。ただ、あなた様との間に生まれた子を育てられなかったことだけが心残りです」

利休はりきとの間に二人の子をなしたが、二人とも夭折（ようせつ）した。利休は二人のために大徳寺から「宗林」と「宗幻」という名をもらい、手厚く供養した。

利休がりきを元気づけるように言う。

「だが、われらには少庵がいる」

「でも少庵は、あなた様の血を引いておりません」

「いや、少庵はわが息子だ」

「至らぬ息子ですが、そう思っていただけるのですね」

りきが涙ぐむ。

「なぜ泣く」

「少庵に茶人としての才がないのは、私にも分かります。それをあなた様は、茶人として育てようとしています。私には感謝の言葉もありません」

りきは威儀を正すと、深々と頭を下げた。

「才などというものは、生きていく上で邪魔なだけだ」

「しかし千家に生まれたからには――」

「商家としての千家を切り回しているのは少庵だ。それだけで十分ではないか」

「では、家督は――」

りきが遠慮がちに問う。

「少庵に取らせる。それは紹安の望みでもある」

「それで、紹安殿はよろしいのですね」

「彼奴は旅の茶人だ。わしが何かをやると言っても『要らん』と言う」

「そうでしたか。紹安殿には、あなた様譲りの才がありますからね」

「ああ、彼奴は一流の茶人たる資質を持っている」

利休の目から見ても、紹安には光る才があった。だが利休と同じく、才覚者（芸術家）特有の己に対する関心の薄さも併せ持っていた。

「ありがとうございます。少庵は不才の身。これで後顧の憂いがなくなりました」

「さような心配をしていたのか。家督のことは遺言書に書いておくので、心配せずともよい」

「いくつになっても子のことは心配です。もしも宗林と宗幻が育っていたら――」

「詮ない話はするな」

利休は仮定の話をするのを嫌う。

「では、あなた様は隠居なさるのですか」

「まだ隠居はできない」

「もう、よいお年ではありませんか。どこぞに引っ越し、草庵でも編み、私と四季の変化を楽しみつつ余生を送りましょう」

利休は来年で七十歳になる。

「わしには大仕事が待っている」

「やはり――」と言ってりきが俯く。

「そなたは分かっていると思うが、そろそろ覚悟を決めておいてくれ」

「覚悟、ですか」

りきの顔色が変わる。

「ああ、永(なが)の別れになる」

「では、いよいよなのですね」

「ああ、どういう形になるかは分からぬが、そなたと少庵には、害が及ばぬようにする」

「紹安殿は――」

「彼奴には命を捨てる覚悟ができているが、それでは亡き先妻にあの世で怒られる。最後の正月を四人で祝った後、紹安を九州に送る」

そう言うと、利休は寝床に横になった。それを見たりきも添い寝した。

「りきよ、悲しむな」

「なぜに、さようなことを。悲しむに決まっています」

りきの手が胸の上に置かれる。

ここ五年ほど、りきとの間に男女の交わりはない。だが互いの気持ちは、男女の関係があった頃よりも濃密になった気がする。

「りき、こんな主ですまなかったな」

「いいえ。あなた様を誇りに思っております」

「そう言ってくれるか」

「はい。今井様や津田様のように、あなた様が殿下からお逃げになったら、嫌いになっていました」

「そうか。嫌いになっていたか」

二人が忍び笑いを漏らす。

「わしの葬儀は許されんだろう。遺骸は野辺に打ち捨てられ、犬に食われるやもしれぬ」

「それでこそ、あなた様です。これほどの誉れはありません」

りきがしがみついてきた。それを優しく抱き止めつつ、利休は瞼を閉じた。

# 四

天正十八年（一五九〇）十一月、朝鮮通信使が京に到着した。

同月七日、秀吉は通信使を聚楽第に招き、歓迎の大祝宴を開いた。この時、秀吉は朝鮮が服属したと思い込み、通信使に「征明嚮導（せいみんきょうどう）」、すなわち李氏朝鮮国に明国制覇の案内役となるよう依頼した。

唐入りは、いよいよ具体化しつつあった。

同月、利休は大和郡山城に出向き、病臥（びょうが）する秀長を見舞った。

秀長の顔は土気色に変色し、生気が全く感じられない。

そんなことをおくびにも出さず、利休が快活に言う。

「小一郎様、利休が参りましたぞ」

「おう、利休が来たのか」

秀長が首を回すが、はるか下座に控える利休が見えないようだ。

「何をやっておる。ちこう寄れ」

「はっ」と答えて利休が、三間（約五・五メートル）ほどの距離まで近づく。

「蒲団の際まで来い」

膝に蒲団が触れるところまで来た時、ようやく秀長は笑みを浮かべた。

「よくぞ参った」

「ご加減はいかがですか」

「見ての通りよ」

利休は愚問を悔いた。

「病を得てから、よくなったり悪くなったりを繰り返してきたが、数日前から立てなくなった」

秀長が口惜しげに言う。

「小一郎様、病は気からと申します。お心を強く持てば病の方から退散します」

「そうであればよいのだがな。どうやら此奴は、わしの体に居座るつもりらしい」

秀長は自らの死期を覚っているようだ。

「人払いせよ」

秀長が近習に命じると、そこにいた人々が一斉に座を立った。

「すまぬが次の間の襖を開け放ってくれるか」

「はい」と答えて立ち上がった利休が、遠慮なく襖を開け放った。

「どうやら人はおらぬようだな」

秀長は過度に用心深くなっていた。

「はい。気配も全くいたしません」

「それなら安心だ。わざわざここに来たのは朝鮮のことだな」

「しかり」と言って利休がうなずく。

三月に漢城を出発した朝鮮通信使一行は、少し前に聚楽第で秀吉に拝謁し、国書を手渡していた。

「殿下は通信使に『征明嚮導』、すなわち李氏朝鮮国に、明国制覇の案内役となるよう依頼しました」

「兄上は本気なのだな」

「間違いなく本気です。ところが――」

一行が服属使節ではなく、天下統一の祝賀通信使にすぎないと知った秀吉は激怒する。

「殿下は正式な場にもかかわらず、礼を失した態度に終始し、通信使一行を不快にさせました」

「何たることか。国として恥ずべきことだ。わしが側近くにおれば、たしなめることもできたのに」

秀長が慨嘆する。

秀吉が感情に任せて何かを命じる度に、秀長は諫めたり、たしなめたりしてきた。だが秀長が病臥してからは、誰もそうしたことをする者がおらず、秀吉は勝手気ままに振る舞い始めていた。

「小一郎様、殿下を止める何かよき手立てはありましょうか」

「手立てはない」

そう言ったきり秀長が口をつぐむ。

――殿下を止めるには、殺すしかないのか。

利休は、ついそこに思考が行ってしまう。

「そなたは何を考えておる」

「それは、もうご存じのはず」

「それ以外に手はないのか」

百舌(もず)の鳴き声が障子越しに聞こえる。もう季節は冬なのだ。

——思えば、わしも来年で七十か。

いつ捨てても惜しくない命とはいえ、無駄には捨てたくない。

「そなたは附子(ぶし)(トリカブト属の塊根)の毒でも使うつもりだな」

利休が無言でうなずく。

「兄上は用心深い。そなたの茶を飲むまい」

「私が同じ茶を先に飲みます」

「兄上が茶を飲むのは、そなたの様子を十分に確かめてからだろう」

秀長が首を左右に振る。

「いかなる苦しみに襲われようと、殿下が茶を喫するまでは堪えてみせます」

それがどれだけの苦痛なのかは、想像もつかない。だが利休は、死の瞬間まで顔色一つ変えないつもりでいた。

「そんなことができるのか」

「できるも何も、やってみるしかありません」

秀長の視線が利休に据えられる。

「わしが、このことを兄上に知らせると言ったらどうする」

「ご随意に」

——だが小一郎様に、それはできない。

それは利休と秀長が、「この世を静謐に導く」という点で結び付いているからだ。

「わしにそれができないと、分かっておるのだな」

利休がうなずく。

「しかし利休、兄上がいなくなれば、再び乱世が来る」

——その通りだ。

そうなれば石田三成たちは豊臣家を守ろうとするはずだ。しかし、この機を捉えて天下取りを目指す者も出てくるだろう。

——三河殿か。

豊臣政権に反旗を翻すとすれば、最大勢力を持つ徳川家康しかいない。

「やはり兄上を殺すわけにはいかぬ」

「では、どうなさいますか」

「まずは時を稼ごう」

「それはどうかと――」

利休が首をひねる。

「兄上が朝鮮国に対し、『征明嚮導』を要求したとすれば、おそらく給糧のことを考え、朝鮮国とは戦わずに明だけ攻めたいのだろう」

「しかり」

「であるなら、朝鮮国とは交渉の余地がある。誰が交渉役になった」

「対馬の宗氏です」

「それはよかった。対馬を治める宗父子（義調・義智）は、朝鮮国との交易で潤っている。彼奴らは何としても出兵を避けたいはずだ」

「ご尤もです」

「今、宗父子は肥前名護屋で新城を造っている。誰かを遣わし、時を稼ぐ知恵を授けられないか」

秀吉を殺さないとなると、そうした時間稼ぎ以外に手はない。

――確かに時を稼いでいれば、何がしかの光明が見出せるやもしれぬ。

博多と漢城の往復時間などを考えれば、交渉に時間を掛けることはできる。

「もはや、それしかない。誰か気の利いた者を差し向けられるか」

「はい。心当たりはあります」

「それならよい。だが利休、これだけは約束してくれ」

秀長がすがるような眼差しを向ける。

「何でしょう」

「くれぐれも、兄上を殺そうなどと考えるでないぞ」

利休がうなずくと、秀長がため息をついた。

「こうして瞼を閉じるとな、尾張の田舎が見えてくる。本来ならわしは、あそこで田畑を耕しているはずだった」

「その方が幸せだったかもしれませんな」

「ああ、人はいくつもの生を生きられん。わしはわしの選んだ道を悔いてはいない。だがこの道は辛いことばかりだった」

心優しい秀長にとって、戦国の世は苛酷だった。

「このまま死ねれば、もう誰かを殺すこともなくなる。それだけが救いだ」

秀長は近習を呼ぶと、すでに花押だけ書いてある紙に、宗父子への紹介状を書くよう言いつけた。

墨が乾いた後、それを受け取った利休は、秀長に一礼するとその場を後にした。

## 五

静寂の中、湯の沸き立つ音が雲龍釜から聞こえる。

「転がる『橋立』、ですね」

紹安が床を見ながら笑う。

前席の懐石が終わって中立（なかだち）となり、紹安が後入（ごいり）する前に、利休は紺色の網に入った「橋立」の大茶壺を転がしておいた。これは「捨壺」と呼ばれる趣向の一つで、その角度から見た壺の様が美しいと亭主が思ってするのだが、利休は無造作に転がしてみた。

「父上は、人の命など無造作に転がる茶壺のようだと仰せになりたいのですか」

「ははは、少し容易な寓意だったな」

利休が続ける。

「命は捨てるべき時は、惜しげもなく捨てる覚悟が必要だ。ただその時でないと思ったら、掌（たなごころ）で包むように大切にしておかねばならぬ」

「そのお言葉、肝に銘じます」

「よく見ておけ」と言って、利休が点前を見せる。

紹安が息を殺して見つめる。

点前を終えた利休は、最後に茶筅で渦を描き、赤楽「検校（けんぎょう）」を紹安の前に置いた。

「いただきます」と言って、紹安が茶を喫する。

「まさしく父上の味ですな」

「そうだ。おそらくこれが、そなたに飲ませる最後の茶となる」

その言葉に空気が張り詰める。二畳敷の茶室なので、紹安の息遣いまで聞こえてくる。

紹安は「なぜ」とは問わない。

「いよいよ、その時が迫っているのですね」

「いかにも。だがその前に、多少の細工をする」

利休が秀長の考えを話す。

「つまり私が博多に赴き、宗父子に会い、交渉を長引かせるよう説くのですね」

「そうだ。こちらの情勢を伝え、時を稼ぐことに徹するよう申し付けるのだ」

「それが、父上が私に課す最後の仕事なのですね」

紹安の言葉に初めて感情が籠もった。

「多分そうなる」

利休の脳裏に様々な思い出が渦巻く。

——立派になったな。

利休の胸内に万感の思いが込み上げてくる。

「そなたには苦労を掛けた。親らしいこともしてやれなかった。そなたが『家を出ていく』と申した時のことを覚えているか」

「はっきりと」

後妻のりきと連れ子の少庵が屋敷に来た時、紹安は満面に笑みを浮かべ、「これで勝手気ままに生きられます」と言った。それが「自分の居場所がなくなった」という謂だと、利休には分かっていた。だが利休は、「そなたの好きにせい」と言って紹安を送り出した。爾来、紹安は各地をめぐり、茶の湯によって人々の心を慰めてきた。

——すまなかったな。

紹安に対しては、その言葉しかない。

「わしがそなたにできることは少ない。せめてわしの秘蔵する名物の一つでも受け取ってくれんか」

紹安の顔に笑みが広がる。

「そんなものは要りません。旅の茶人に名物は不要です」

「そなたは、きっとそう申すと思った」

紹安の心構えは、己の若い頃を見ているかのようだ。

「私の方こそ、ご迷惑をお掛けしました」

「何を言う」

「親不孝者は何も要りません。家督や財産は少庵に与えて下さい」

「そなたは、それでよいのか」

「はい。ただ帰宅する場所がないのは不便です。堺に家の一つくらい残していただけますか」

利休は、堺、京、大坂に屋敷を持っている。

「堺の屋敷を譲ろう」

「同じ堺でも別宅で構いません」

「いや、そなたは、わしに代わって堺を守っていかねばならん。そのためには体面も大切だ」

「体面ですか。人の世とは生きにくいものですな」

「会合（えごう）衆の一人として、恥ずかしくない構えの家を持つのだ」

「そこまで仰せになられるならいただきます」

紹安がため息をつく。

「少庵と相談して、わが家の商いをどうするかも考えよ」

「それは少庵に任せます」

「それでよいのだな」

「はい。ただし生き長らえることができるなら、会合衆としての責務は果たします」

「そうしてくれるか」

利休には、千家の行く末が見えていた。

――おそらく商いは手仕舞いとなるだろう。

茶道具の売買を除けば、千家の商いは縮小してきている。つまり会合衆としての千家も、紹安の代で終わる。

「では、父上の気が変わらぬうちに行きます」

「何の支度もしないのか」

「はい。いつでも旅に出られるよう、笈(おい)には荷を詰めております。後は旅装束に着替えるだけ」

「さすがに旅慣れておるな」

紹安が深く頭を下げる。

「父上、長らくお世話になりました」

「達者でな」

「父上こそ」

紹安の瞳は濡れていた。

「行け」

「では」と言って荒々しく立ち上がると、紹安は出ていった。

一人になった利休は、唇を噛んで嗚咽を堪えた。

その後、紹安は豊前の細川忠興、飛騨（ひだ）の金森長近、阿波（あわ）の蜂須賀（はちすか）家政（いえまさ）などの大名家の間を行き来し、茶の湯の伝播に力を尽くした。それにより、いかに多くの武士たちの荒ぶる心が鎮められていったかは分からない。

紹安は慶長十二年（一六〇七）に六十二歳で病没し、子がなかったため堺千家は絶家となる。

## 六

十二月初旬、利休は突然、石田三成から茶の湯に誘われた。

断る理由はないので、りきと少庵に大坂の石田屋敷に行くと告げると、いつものように少庵が供をすると申し出た。しかし利休は、「此度ばかりは一人で行く」と言って譲らなかった。というのも殺される可能性があるからだ。その時、少庵がいれば巻き添えを食らう。

少庵は利休の身を案じ、「病と言ってお断り下さい」と食い下がったが、利休は「茶事に誘われたにもかかわらず、相手を恐れて病と偽るなど、茶人の矜持が許さん」と言って聞かなかった。

心配そうなりきと少庵に見送られ、利休は大坂城内の石田屋敷に向かった。

時候の挨拶を済ませると、二人は三成自慢の三畳敷の茶室に入った。

「雑説には聞いておりましたが、侘びておりますな」

だがその侘は、利休らが作り上げてきたものの模倣に等しく、創意も作意も感じられない。

「客人を接待するために造らせたものです。侘びていようがいまいが構いません」

――そうこなくては、そなたではない。

利休はうれしくなった。

「津田宗凡殿の手になるものですな」

三成がうなずく。

三成は津田宗及の息子の宗凡と親しく、茶の湯は宗凡の手ほどきを受けている。

「宗匠の前でお恥ずかしいのですが、それがしが点前をいたします」

そう言うと三成は、小器用な手つきで点前を始めた。

――さすが、そつのない御仁だ。

それが三成という男であり、逆に言えば、そのそつのなさこそが弱みなのだ。

「石田殿は、『茶香服（かぶき）』を好まれるようですな」

「よく、ご存じで」

「茶香服」とは五種ほどの茶を飲み当てる遊びで、勝負がつかないと二種を混合して飲ませ、何と何を混ぜたかを当てさせることまでやる。

利休はこうした茶を邪道だと思っているが、そんなことはおくびにも出さない。

「『茶香服』は面白いですか」

「はい。次第に白熱し、真剣勝負になっていきます。その様が実に面白いのです」

三成が自慢の名物「狂言袴」を利休の前に置く。

「では」と言って利休が茶を喫する。それを三成はじっと見ていた。

だが利休は、茶に毒が入っていないことを知っていた。ここで利休が死ねば、一朝事ある時、蒲生氏郷や細川忠興ら利休の弟子たちが、三成に味方することはないからだ。

利休には多くの弟子がいた。彼らは利休を中心に結束し、世の静謐を保つために利休を助けるようになっていた。いわば秀吉との間に築かれた御恩と奉公を基本とする武家社会の制度的主従関係に対し、利休との間に人格的主従関係を築いたのだ。

そうした組織内組織は、制度と法による支配を強めようとしている秀吉と奉行衆にとっては、邪魔者以外の何物でもなかった。

――だが、こうしたものが役に立つのはこれからだ。

利休と武将弟子たちの擬似的主従関係は、自然にできたものだった。しかし利休は、それを放置した。というのも秀吉の死後、豊臣家と徳川家が対立した時、第三勢力として仲裁に入ることも考えておかねばならないからだ。

「美味でござった」

「それは重畳」

「で、私に茶を飲ませたくて呼んだわけではありますまい」

三成が口端に笑みを浮かべる。

「もちろんです」

「殺すためでもなさそうですな」

「ははは」と高笑いすると、三成が答えた。

「ここで宗匠を殺すことで、それがしに何の得がありましょう」

「では、ご用件はいかに」

三成が真顔になる。

「宗匠とは、これまでうまくいっておりませんでした。しかし豊臣政権を守っていくというわが目的と、この世を静謐に導きたいという宗匠の目的は、決して相容れないものではありません」

――まさか手を組みたいというのか。

さすがの利休も、そこまでは予想していなかった。

「とくに朝鮮への出兵については同じ意見かと」

「そのようですな」

三成は小西行長と組んで、陰に陽に出兵を遅らせようとしていた。

「しかし此度の用向きは、それだけではありません」

「と、仰せになられますと」

「豊家千年のために、最も大きな障害を取り除く布石を打ちたいのです」

「布石と仰せか」

「そうです。殿下にもしものことがあっても、豊臣政権の崩壊を虎視眈々と狙う者に、付け入る隙を与えないようにしておきたいのです」

三成は感情的な男だが、利害を優先することができる男でもある。自らの目的のためなら、不倶戴天の敵とも手を組めるのが三成なのだ。

「その御仁が誰かは、お分かりのはず」

「しかり」

双方共に口にはしないが、それが家康なのは歴然だった。

「その魔手から豊臣家を守るために、手を貸してほしいのです」

「私は一介の茶人にすぎません。何ほどのこともできません」

「いいえ、宗匠は弟子たちの心を束ねることができます」

――そういうことか。

ようやく三成の狙いが、輪郭を持って浮かび上がってきた。

「殿下の死後、江戸の御仁が野心の牙を剝いた時、殿下にご厚恩がある者でも、どちらに付くか迷うことでしょう。それが人というものです。その時、宗匠が迷っている弟子に、『豊家の御恩に報いるべく大坂城に入られよ』と仰せになれば、多くの者がそうしましょう」

「私にさような力はありません」

「謙遜なさらないで下さい。宗匠にはそれだけの力があります。とくに——」

三成の双眸が光る。

——この者も武士なのだな。

利休は初めて、武士だけが持つ殺気を三成から感じた。

「蒲生殿の帰趨（きすう）を定かにしておきたいのです」

「つまり東国の押さえを盤石にしておきたいのですな」

「はい。江戸の御仁は蒲生殿を調略しない限り、西上の兵は挙げられません」

「しかし伊達殿に牽制されれば、蒲生殿とて動けません」

「そこです」

三成が膝をにじらせ、声を潜める。

「小田原の一件以来、どうやら伊達殿は宗匠にいたく心酔しておるようです。伊達殿がいらした折は、大坂のために馳走いただけるよう、申し聞かせていただけませんか」

「伊達殿が大坂に来られるのですか」

「さて、それは伊達殿次第」

三成が思わせぶりな笑みを浮かべる。

――いずれにしても、この男は殿下の死後を見据えておる。

さすが「才覚比類なし」と称（たた）えられた三成だ。秀吉には内緒で、いざという時に備えているのだ。

「たいへん珍しい茶をいただきました」

「で、ご返事は」

「本来なら、お力添えしたいと申し上げたいのですが、こうした根回しがうまくいった時、つまり石田殿の調略によって江戸の御仁が孤立した時、石田殿は東国討伐の兵を発しないと約束できますか」

三成が驚いたように利休を見た。

——そなたは、わしと弟子たちを味方に付けておきたいだけなのだ。利休と近しい弟子たちの合計石高は、百五十万石にも及ぶ。三成はそれを味方に付けておき、江戸を攻める際の先兵としたいのだ。

「私は年なので、近頃は誰とも約束を交わさぬようにしております。あてにされてぽっくり逝ってしまっては、約束した相手に迷惑が掛かりますからな」

しばし考えた末、三成が答えた。

「なるほど、宗匠のご存念、しかと承りました」

その顔には、以前と変わらない憎悪の念が刻まれていた。

## 七

十二月、利休は上京(かみぎょう)にある長次郎の作事場を訪れた。

長次郎の作事場は以前と変わらず熱気に溢れ、多くの職人や下働きの小僧が行き交っていた。

「やっておるな」

背後から利休が声を掛けると、窯の中に半ば頭を入れていた長次郎が、黒ずんだ顔を向けた。

「これはこれは、千様ではありませんか」

「ここに来るのは久方ぶりだ」

「突然のご来訪、何かありましたか」

「いや、とくにない。久しぶりにそなたの顔が見たくなってな」

その言葉を聞いた長次郎は何か察したのか、顔を強張らせると、作事場の奥にある待合に利休を招いた。そこには棚が三面にあり、瓦から茶道具まで様々なものが並べられている。

「わざわざのお越し、ありがとうございます」

長次郎が黒い顔を手巾で拭きながら続ける。

「京雀の間では、様々なことが囁かれておりますが」

「わしと殿下のことか」

あまりにあけすけな利休の言葉に、長次郎が左右を見回す。

「はい。疎隔が生じているとか――」

わけではない」

「京雀というのは耳がよいものだな。疎隔と言えば疎隔だが、元々、仲がよかった

「そうなのですか」

「ああ、いわば互いに重宝しているから近づいただけだ」

長次郎が驚いた顔をする。

「さすが千様だ。仰せになることが豪気ですな」

二人が笑い合う。

「それで、何かお役に立てることが出てきましたか」

「いや、とくにない。これまでのことに礼を言いたかっただけだ」

「そうでしたか。私のような下賤の者に——。もったいない」

何か察したのか長次郎が俯く。

「楽しかったな」

「楽しい、と仰せか」

「ああ、名物に値打ちを付けるより、己の思うままに今様を焼いてもらう方が、はるかに楽しい」

それは利休の本音だった。

「そう言っていただけると、今までの苦労が報われます」

利休が行けば、焼き上がったものを何げなく見せてくれた長次郎だが、見せられるだけのものにするまでには、想像もつかない試行錯誤があったに違いない。

「それでも、わしは名物の時代を生きた茶人だ。己の頭の中にある作意を、勝手気ままに形にするまでには至らなかった」

「そんなことはありません。千様のお考えは十分にかぶいておりました」

「そうか。それならもっとかぶきたかった」

世間話をした後、これまでの礼を言って去ろうとした利休だったが、目の端が何かを捉えた。

「ん、これは何だ」

棚の片隅に並べられた奇妙な茶碗に、目が吸い寄せられる。

「ああ、これは古田織部様の注文によって焼いたものです」

「織部殿の――」

利休はそれを手に取ってみた。

それは何かを訴え掛けるかのように、醜く歪んでいた。しかも大胆なほど大ぶりで見込みも深く、茶溜まりも大きな沓形（くつがた）をしていた。

「これを織部殿が焼いてほしいと言ったのか」

「はい。突然、多くの型紙をお持ちになり、『ああでもない、こうでもない』と仰せになりながら、ここでも型紙を切り、細かい注文をお付けになりました」

その醜く歪んだ茶碗を手にした利休は、その手触りを確かめてみた。

――これはよい。

なぜか、それは手になじむ。

「鉄釉（てつゆう）は焼成後、急速に冷やせば黒味が強くなります。漆黒色というものです。いわば瀬戸黒に近い焼き方ですが、瀬戸黒は半筒型で口造り（口を付ける部分）に凹凸を少し付けるのが常ですが、これは大胆すぎます」

長次郎が首をひねって続ける。

「瀬戸焼で、胴にも多少の起伏を付けるようになったのは最近ですが、織部様は『こんなものでは足りない』と仰せになり、胴部分を大きく波打たせるようにすると同時に、口造りを大きく歪ませてくれと仰せなのです」

「織部殿がそう言ったのか」

利休は黒く歪んだ茶碗を驚きの目で見つめた。

「はい。その後、まだ固まらぬうちに、自ら奇妙な紋様や削り目を入れておられました」

その黒々とした茶碗を、利休は棚に戻した。

「私も、織部様が何を求めておられるのか皆目分からず、難渋しておったのですが、こうしたものができ上がってくると、なおさら織部様が何をしたいのか分からなくなりました」

利休は幾度もうなずきながら言った。

「それは問わずとも、そのうち分かる」

「何やら分かりませんが、この茶碗は優れたものなのですね」

「ああ、そうだ。わしの名もわしの茶も廃れてしまうやもしれぬ」

「何を仰せか。この世に二人といない茶聖の名が廃れることなどありましょうか」

――茶聖、か。

利休は、己がどれだけ俗にまみれているかを知っていた。

――茶の湯は「聖俗一如」なのだ。

利休には「異常なまでの美意識」という聖の部分と、「世の静謐を実現するためには権力者の懐にも飛び込む」という俗の部分があった。この水と油のような二種類の茶が混淆され、利休という人間が形成されていた。

――そしてその任を、わしは織部殿に託そうとしている。

この矛盾を織部が担えるかどうかは、利休にも分からない。

「いずれにせよ、そなたは新しい茶の湯、いや、新しい美の造作を手伝うことになる」

長次郎が首を左右に振る。

「でも私は、千様と作った形のいい茶碗が好みです」

「そんなものはいつか廃れる。そして織部殿に取って代わられる」

「そういうものですか」

「ああ、そして織部殿の茶もいつか廃れ、誰かが新たなものを生み出していく。茶の湯とは、さように生々流転(しょうじょうるてん)であらねばならん」

――茶の湯が生々流転でなくなった時、茶の湯は鼓動を止める。だからこそ織部殿は、わしを乗り越えていかねばならないのだ。

利休は、織部ならそれができると確信していた。

「では、達者でな」

「千様こそ、ご自愛下さい」

利休は「あめや」と書かれた暖簾(のれん)をくぐると、師走(しわす)の風が吹く上京の雑踏に踏み出した。

若い時のように足取りは軽やかだった。

——茶の湯は生きておる。

織部の創意を知り、利休は茶の湯の生々しい息遣いを感じた。

——わしの茶は廃れても、茶の湯は廃れぬ。

利休は喜びを嚙み締めながら、土埃(つちぼこり)の舞い立つ大通りを歩んでいった。

## 八

十二月下旬の早朝、利休の聚楽(じゅらく)屋敷に、細川忠興がやってきた。

鮭の焼き物、膾（なます）、和え物、そして豆腐の汁物の一汁三菜の朝食を忠興に供した後、茶となった。

「こうして尊師の茶をいただくことが、それがしにとって至福の喜びです」

――だが、これが最後となるやもしれぬ。

むろん忠興も、利休と秀吉の間に隙間風が吹いているのを知っているのだろう。それゆえ口には出さないまでも、これが最後になるかもしれないと思っているに違いない。

「与一郎殿が、こんなに朝早くお見えになられたのですから、何か大事なご用がありですね」

何事にも気の利く忠興だが、早起きだけは苦手だった。

「もちろんです。と言っても、昨日は寝ておりませんが」

忠興が涼やかな笑みを浮かべる。その顔には疲労の色が一切なく、利休はその若さを羨んだ。

忠興は永禄六年（一五六三）の生まれなので二十八歳。利休とは四十一歳の年齢差がある。

「それは、またどうしてですか」

「昨夜まで大和大納言様と会っておりました」

忠興は、夜が明ける前に大和国から京まで馬を駆けさせてきたことになる。

「何かを告げに行かれたのですね」

「はい。しかし大納言様は――」

忠興が俯く。

「それほど重篤なのですか」

「ええ。それでも告げたのですが、大納言様は『それは利休に伝えよ。そして利休の指示を仰げ』と仰せでした」

「それで、こちらに来られたのですね」

「そうです。一刻も早く伝えた方がよいと思いましたので」

忠興の眼差しが真剣な色を宿す。

「九州のことですね」

「いや、それが奥羽のことなのです」

「何と。それは考えてもおりませんでした」

利休にとって忠興の話は意外だった。

奥羽地方で秀吉が召し上げた地は、主に蒲生氏郷と木村吉清に下賜された。氏郷は十七郡で四十二万石。吉清は八郡で三十万石という割合になる。これらの領国の大半は、秀吉が伊達政宗から取り上げたものだった。

今年の九月、豊臣軍が奥州を後にすると、出羽仙北地方で一揆が起こった。この一揆は由利・庄内地方へと野火のごとく広がっていった。一揆は主に木村吉清の領国内で蜂起し、十月には葛西・大崎地方まで飛び火した。その挙句（あげく）、一揆軍によって吉清の本拠の岩手沢城（後の岩出山城）が攻略され、吉清の逃れた佐沼城まで包囲されたという。

目付の浅野長吉は一揆鎮圧に乗り出したが、はかばかしい成果が挙げられない。とくに出陣を命じた伊達勢の動きが緩慢で、積極的に戦おうとしない。
長吉が共に出陣した蒲生氏郷と首をかしげていたところ、氏郷の許に密告者が駆け込んできた。

その話によると、政宗が裏で一揆を扇動しているという。
これに怒った氏郷は、長吉を通じて「政宗別心」を京の秀吉に伝えた。

ところがその後、政宗が佐沼城を取り囲む一揆勢に苛烈な攻撃を仕掛け、木村吉清を救出したので、氏郷も「政宗に別心なし」という報告をしていた。

それで一件落着かと思いきや、秀吉は政宗に弁明のための大坂入りを求めた。これにより政宗が大坂に向かうか否かで、奥州情勢に大きな変化が出てくるという。

「つまり奥州の戦雲は、いまだ収まっていないと仰せなのですね」

「そうなのです。このまま伊達殿が来られないとなると、殿下は再び大軍を率い、奥州に出向くことになりましょう」

「なるほど。それは困りましたな」

利休の頭が目まぐるしく働き始める。

「それでは今、殿下のご機嫌は斜めなのですね」

「それはもう。伊達殿を自ら取り調べ、返答の次第によっては、その場で斬り捨てると息巻いております」

「まだまだ意気軒高ですな」

秀吉の鼻息荒い顔を思い出し、利休は苦笑した。

「それで、どうしたらよいか大和大納言様に助言を賜りたいと、大和まで出向いたのですが――」

「それどころではなかったのですね」

「はい」と言って忠興が落胆をあらわにする。

――小一郎様は年を越せるのか。

たとえ年を越せたとしても、さほど時間が残されているとは思えない。となれば秀長亡き後の体制を考え、その前提で行動せねばならない。

「先日、面白き御仁から一客の茶事のご招待を受けました」

利休が話を転じる。

「面白き御仁とは、どなたのことで」

「治部少輔（じぶのしょう）殿です」

「えっ、それはまたなぜ――」

利休が三成の狙いを語る。

「なるほど。すでに治部少輔殿は、大納言様の死後どころか殿下の死後を見据えておるのですね」

「その通り。それが宰相たるべき者の心構えでしょう」

三成は厳密には奉行の一人にすぎないが、豊臣政権内における今の権勢は、宰相と呼んでもおかしくない。

「で、尊師はいかにお答えになられたのですか」

「治部少輔殿の狙いは豊臣政権を守ることです。私の狙いは戦乱のない世を作ること。行き着く場所が違えば、一時的に利害が一致しても、いつかは破綻します。しかも殿下と手を組んだ時と違い、私は高齢です」

「つまり、一時的に利用されるだけだと」

「その通り。治部少輔殿は私に弟子たちを束ねさせ、たとえ一時的であっても、江戸の御仁に対する堤（つつみ）にしようというのでしょう」

三成は利害の一致を訴えたが、利休はすぐにその底意を見抜き、利用されることを嫌った。

「おそらく、伊達殿の件は治部少輔殿の入れ知恵でしょう」

「大坂城内は、その雑説でもちきりです」

「でしょうな。殿下が初めから伊達殿を改易に処すつもりなら、小田原合戦の時にしたはず。あの時にしなかったものを、なぜ今するのか。それを考えれば、誰が裏で策動しているかは明らかです」

豊臣家の吏僚には二つの派閥があった。石田三成、増田長盛、長束正家、そして大谷吉継らの主流派と、富田知信と津田信勝を中心とした反主流派だ。後者の背後には豊臣秀次、前田利家、浅野長吉がおり、双方は水面下で激しい主導権争いを繰り広げていた。

「出羽と陸奥は浅野殿の管掌。伊達殿と共に浅野殿、さらに虚偽の報告をしたという理由で、蒲生殿まで失脚させる狙いでしょう」

「ということは、何としても伊達殿を来させねばなりませんな」

「その通り」

「しかし伊達殿は、こちらに知己は少ないはず」

「そうなのです。いらしても、さぞや心細いことでしょう」

忠興が利休の意を察する。

「分かりました。私が出迎えましょう」

「そうしていただけますか。伊達殿は猛き方と聞いております。殿下の勘気をこうむれば、今度こそ腹を切らされます。そうなれば浅野殿も蒲生殿も何らかの責を負わされます。それを避けるには平身低頭させるしかありません」

——かの荒武者を平身低頭させられるか。

利休の脳裏に、伊達政宗の精悍な顔が浮かんだ。

——だが、やってできないことはない。

そのためには、秀吉の面前で政宗に罪を認めさせる必要がある。というのも石田三成ら奉行衆は、政宗が陰に回って一揆を扇動した証拠を摑んでいるはずで、そこでしらを切れば秀吉を怒らせてしまい、逆効果になるからだ。

——果たして、かの小僧に罪を認めさせることができるか。

利休は爛々と輝くあの片目を思い出した。

「やってみましょう」

「それを聞いて安堵しました」

そう言うと、細川忠興は大きなため息をついた。

——ここからは瞬時の油断もできぬ。

三成は、唯我独尊になりつつある秀吉を背後から操ろうとしていた。秀吉が政治に対しての関心を失うか自己肥大化が進めば、三成の思い通りになる。そうなれば三成は、政敵を次々と屠り始めるだろう。それを防ぐには、まずは政宗の赦免を勝ち取る必要があった。

# 九

天正十九年（一五九一）の正月が明けた。

紹安は九州に潜行させ、少庵は自らの代理として大坂に置いてきた。それゆえ利休はりきと二人、堺の屋敷で水入らずの正月を過ごすことができた。

「まことに、よき茶でございました」

りきが黒楽の「大黒」を置くと言った。

「私のような者に、これほど貴重な茶碗で茶を練って下さるとは――」

「もはや、こうした穏やかな正月を迎えることもないやもしれぬ。それで、そなたのために『大黒』を使いたくなったのだ」

「こうした正月を迎えることは、もうありませんか」

それには答えず、利休は薄茶を点てる支度を始めた。

ちらりと目をやると、りきは悲しげに俯いている。

――りきよ、許せ。

利休は心中、りきに詫びた。

その時、りきが唐突に問うてきた。

「その茶壺は、殿下がご所望になっていたものでは」

「ああ、そうだ」

「橋立」の茶壺をりきの前に押しやると、りきはそれを手に取り、赤子を抱くように撫でた。

「よき手触りであろう。この茶壺は呂宋物（ルソンもの）といって、焼かれたのは南宋の地（中国南部）だが、後に呂宋（フィリピン）に渡り、それを見つけた日本の商人が持ち帰ったものだ。日本では足利将軍家の所蔵となり、『大名物』に列せられた」

「そんな由来があったのですね。この黒釉の掛かった上部と、地肌のままの下部の均衡がよく取れています」

「まさしく、そこに妙味がある」

りきから返された「橋立」を、利休は改めて眺めてみた。

――これほどのものを殿下にやってたまるか。

「橋立」の価値が、秀吉には分からないとまでは言わない。だが名物を多く持つ者は、一つひとつを大切にしない。

「殿下がご所望なら、差し上げてしまいなさい」

りきには珍しく、強い口調で言った。

「『橋立』を献上しろと言うのか」

「はい。かような茶壺に、どれほどの値打ちがあるというのです。いかにも美しいのは確かです。しかし、あなた様の命に代わるものではありません」

「わしの命、か――」

利休が自嘲する。

「りきよ、人の命などというものは、この茶壺ほどの値打ちもない」

「何を仰せですか。あなた様は死に急いでいるから、そう思うのです」

りきが口元を押さえて嗚咽を漏らす。

「何も死に急いでおるわけではない。このまま老いさらばえて病で死ぬより、この世の役に立つ死に方をしたいだけだ」

「それが、あなた様なのですね」

りきが、これまで幾度となく繰り返した言葉を言う。

「人は生に執着する。人が生き物である限り、致し方なきことだ。しかしわしはもう七十だ。うまい茶を喫し、好きなものを食べ、存分に生きた。後はこの世に恩返しするだけだ」

利休が笑みを浮かべると、りきが駄々をこねる童子のように言う。

「嫌です。そんなことは、りきが許しません」

――いくつになっても、女というのは可愛いものよ。

りきも頭では分かっているはずだ。しかし心が耐えられないのだ。

「りき、ちこう」

膝をにじって近づいてきたりきを、利休は抱き締めた。

「あなた様とお別れするなど、りきには考えられません」

利休の腕の中で、りきは激しく身悶えした。

「わしは、そなたという伴侶を得て幸いだった」

「ああ――」

利休の腕にりきがしがみつく。

「そなたなら分かってくれるはずだ」

しゃくり上げるようにしていたりきが顔を上げる。その顔は、風雪に耐えて咲く寒梅のように凛(りん)としていた。

「分かっております。分かっているからこそ辛いのです」

「生者と死者を分かつものは何もない」

「そんなことは――、もう仰せにならないで」

「りきよ、いつかまた会える」

「それは真でございますか」

「ああ、なぜかそんな気がするのだ」

りきの声に希望の灯がともる。

「あなた様がそうおっしゃるなら、真でございましょう」

「たとえこの身が朽ち果てようと、心は残る。わしは心だけになり、あの世でそなたを待っている」

りきが必死の面持ちで言う。

「約束でございますぞ。約束すると仰せになって下さい」

「ああ、約束する」

そう言うと、利休はりきの体を優しく離し、その手を取って茶室の外に出た。

外に出ると、心地よい寒気が押し寄せてきた。どこかで正月を祝っているのか、人々の笑い声やお囃子も聞こえてくる。

「りき、冬の月だ」

「ああ、こんなに寒いのに平然と中空に懸かっているのですね」

「そうだ。どんなに暑かろうと寒かろうと、月は常に黙って空にある」

「まるで、あなた様のよう」

利休が笑みを浮かべて言う。

「わしのことを思い出したら、月を見るのだ。わしはあの月のように、いつもそなたの心に懸かっておる」

「そうです。あなた様はいつまでも私と一緒です」

りきが胸に顔を埋めてきた。

「ああ、ずっと一緒だ。だから、わしがいなくなっても泣かないでくれ」

「はい」

大きく息を吸うと、冬の寒気と共に、りきの髪の匂いが鼻腔（びこう）に満ちた。

――この瞬間こそ永劫なのだ。

利休は、この世への未練を断ち切れた気がした。

## 十

正月が終わり、松飾りもすっかり外された十六日、利休は古田織部の堀川屋敷を訪れていた。

蘇鉄（そてつ）の茂った外露地に敷かれた飛び石を歩んでいくと、中木戸に出る。そこで織部は待っていた。

「これが中潜（なかくぐり）ですな」

「はい。尊師の躙口と同じで、外露地と内露地を隔てるために設けたものです」

織部の考案した中潜は庭の中に造られた一枚の高塀で、敷居の高さが一尺三寸（約三十九センチメートル）もある。

利休の身長なら楽々とまたげるが、背の低い者は難渋するはずだ。そんな些細なことを意に介さないのが織部なのだ。

内露地に立つのは「織部灯籠」だ。この灯籠は、台石を地中に埋めてしまうことで、竿石が地中から生えているように見えるのが特徴だ。その形状は、火袋を支える中台の下部が丸く膨らみ、そこに何かの紋様が描かれ、さらに下に地蔵のような人型が刻まれている。それは一種南蛮風だが、奇を衒っているだけではなく実用性もあった。

これまでの灯籠は、背が高いために庭全体を照らせても足元を照らせなかった。そのため利休は夜会でも灯籠に火を灯さなかったが、織部は実用性を重んじ、足元を照らす方法を考案した。

――何もかも、わしに反しようというのだな。

それは決して不快なことではない。

織部は新たに造った草庵数寄屋の露滴庵に利休を誘い、会席を共にした。露滴庵は茅葺き・入母屋造りで、東に床を、南に躙口を設けている。

「随分と明るいのですね」

利休の言葉に、織部が「得たり」とばかりに答える。

「しかり。尊師の草庵よりも窓を多くしました」

「床の間の脇壁に下地窓を切ったのですか」

「そうです。こうすれば掛物もかすむことなく眺められますので」

「点前座の背後や天井にも、窓を切ったのですね」

織部は床の間の脇壁のみならず、点前座の背後にも上下二つの中心線をずらした窓を切っていた。さらに掛込天井にも突上窓を切っているので、常の草庵では考えられないくらい室内は明るい。

そこには、すべての面で「刷新」の萌芽が感じられた。

やがて茶事が始まった。

「これは長次郎に焼かせたものです」

織部が差し出した茶碗は、醜く歪んでいた。すでに長次郎の工房で見ているので、利休に驚きはなかった。だがその茶碗は、持ちにくくもなく喫しにくくもない絶妙な造形だった。

一服した利休が、ため息交じりに言う。

「これだけの新奇な逸品を編み出すのは、容易なことではありません」

「そう仰せになっていただけると、茶人冥利に尽きます」

褒められるかどうか不安だったのか、織部が安堵のため息をつく。

「よくぞ、ここまで精進なされた。もはや私の出る幕はありません」

「何を仰せで。尊師がいらっしゃらなければ、茶の湯は廃れます」

「さようなことはありません。織部殿のように己の侘を見つけられた方が、これからの時代の担い手となるのです」

「とは仰せになられても、それがしも今年で四十九。そろそろ身を引くことも考えねばなりません」

――そういえば、そうだったな。

利休は昨年八月、熱海の湯で織部と交わした会話を思い出した。

「わが息子の紹安も、織部殿とは三歳違いの四十六。いつまでも若いと思っていましたが、星霜(せいそう)の積もるのは早いものです」

「しかもそれがしは、戦場での往来が祟(たた)り、あちこちが痛みます。尊師のように年を召してからも矍鑠(かくしゃく)としていられるかどうか」

織部が不安そうな顔で言う。

「何事も気の持ちようです。気力さえ充実していれば、年は重ねられます」

「とはいえ、そろそろ万が一のことを考えておかねばなりません。それゆえ最も才があるとおぼしき弟子を紹介しておきたいのですが」

利休がうなずくと、織部は肩越しに背後に向かって声を掛けた。

「作助殿、これへ」

襖を隔てて「はっ」という声が聞こえるや、一人の少年が入ってきた。

「此度の茶事で、半東を務めました小堀作助と申します」

少年が額を座敷に擦り付ける。この少年が後の小堀遠州である。

「作助殿、よろしくお見知りおきを」

「こちらこそ、宗匠と言葉が交わせ、これ以上の喜びはありません」

少年が弾むような笑みを浮かべる。

「作助殿はいくつになる」

「十と三です」

「さようにお若いのか。実際よりも年ふりて見えますな。頼もしい限りです」

織部が付け加える。

「作助殿は大和大納言様の家老の小堀正次殿の長男で、それがしが預かり、茶の湯だけでなく四書五経なども教えております」

「そうでしたか。小一郎様の病は、さぞや心配でしょう」

「それはもう――」

作助が心痛をあらわにする。

「われらには、大納言様の一日も早い快癒を願うことしかできません」

大和大納言秀長の病態は、年が明けてから悪化の一途をたどっていた。

「作助殿、奥へ下がってよいぞ」

「はっ」と答えて、作助が下がっていく。

これで半東もいなくなり、茶室には利休と織部だけになった。

「織部殿は、あの少年を見込んでおるのですな」

「はい。茶事にしても作庭にしても、そつなくこなします」

「そつなくこなす者が、大輪の花を咲かすとは限りません」

「仰せの通りですが、ほかに才のありそうな弟子は見当たりません」

織部の焦りも分かるが、そうした焦りが茶の湯を衰退させることにつながるのだ。

「では、そろそろお暇いたします」

立ち上がりかけた利休を、織部が制する。

「尊師、近頃、よからぬ雑説を耳にしました」

「どのようなものですかな」

「石田治部少輔が殿下に、尊師の失脚を説いているようです」

こうした豊臣家中の情報を、織部は独自の経路で入手していた。

「私の失脚とは面白い。私は一介の茶人にすぎません。内々の儀を託されたのは、私から望んだのではなく殿下と小一郎様の思し召しによるもの。それとて何となくそうなったもの。家中の仕置から私を除きたければ、そう言えばよいだけです。しかも私は一点の曇りもなく生きております。たとえ殿下であろうと、罪なき者を糾弾することはできません」

「しかし相手が相手です。どのような罪でも捏造します」

利休が笑みをたたえて言う。

「面白い。何を言われようと、殿下の面前で論破してみせましょう」

「尊師、さようなことをすれば殿下の怒りを買い、下手をすると遠ざけられます。さすれば総見院様ご在世の頃のように、この世は地獄になりますぞ」

利休が沈黙で答えると、織部が続けた。

「殿下の専横を止められるのは一に大和大納言様、二に徳川殿（家康）、三に尊師です。しかし大和大納言様は病臥し、徳川殿は豊臣家が疲弊するのをいいことに、『われ関せず』を決め込むでしょう。さすれば世の静謐を保てるのは、尊師だけになります」

利休が「致し方ない」という顔で答える。

「ご安心下さい。私とて無為無策のまま身を引くつもりはありません」

「それを聞いて安堵しました」

織部がため息をつくと続ける。

「豊臣家にとって唐入りは大きな賭けです。たとえ明国まで攻め寄せ、明国を滅ぼせたとしても、しょせんはそれだけのこと。明国の巨大な版図を維持するのは、容易なことではありません」

「仰せの通り、それゆえ総見院様は港を制し、交易の利を独占することだけを念頭に置いたのです」

　だが秀吉の野望は、とどまるところを知らない。

「殿下は過大な夢を抱き、点ではなく面で制そうとしています」

「それが、いかに難しいことか――」

「それがしとて諫言できればしたいのです。しかし前田殿（利家）、細川殿（幽斎）、黒田殿（孝高）らが口をそろえて反対しようと、殿下は聞く耳を持ちません」

　豊臣政権の重鎮たちが唐入りの愚を様々な側面から説いたにもかかわらず、秀吉は耳を貸さない。

「それがしは、豊臣家の行く末が心配でならないのです」

「織部殿のお気持ちは分かります。だからといって殿下に申し聞かせようとしても、無駄に終わるだけでしょう」

「では、どうすればよいのです」

　利休が答えないでいると、織部が不安をあらわに言った。

「もしや尊師は――」

「織部殿、それは心得違いというもの。いかにも誰かが殿下を殺せば、それで話は済みます。しかしさようなことをすれば、再び天下は乱れ、群雄割拠の世に逆戻りするだけです。天下は、まだ殿下を必要としているのです」

「よかった」と言って織部がため息をつく。

「では、どうなさるおつもりか」

「まずは奥羽のことを収めてからです」

利休が話題を転じる。

「伊達殿がいらっしゃれば、何かと波風が立ちます。しかし伊達殿が、私を信じてくれるなら事は収まります」

「もし、信じなければ――」

「殿下は再び奥羽に向けて出陣するでしょう」

「やはり――」

「それをどう収めるか。まずは、その方策を考えましょう」

利休は何としても、秀吉の奥羽出兵を防ぐつもりでいた。

# 十一

正月二十二日、秀長が永眠した。秀吉を支え続けた五十二年の生涯だった。

秀吉は嘆き悲しみ、大徳寺住持の古渓宗陳に導師を依頼し、盛大な葬儀を執り行った。だが秀長の直筆の遺言状を読んだ秀吉は、顔をしかめてそれを投げ出した。

そこに何が書かれていたのか、秀吉以外は知るよしもないが、おそらく諫言がつづられていたはずだ。

まだ初七日も済んでいない正月二十六日の夕刻、葬儀に参列すべく大坂屋敷で過ごしていた利休の許に、秀吉の「御成」が伝えられた。

——遂に勝負の時が来たか。

秀吉はこうした奇襲を好む。

——勝負をするなら二畳だな。

利休は半東役の少庵に命じ、秀吉を二畳茶室に案内させた。

小半刻（約三十分）ほど秀吉に待ってもらった利休は、まず台所に立ち、秀吉のために夕餉を用意した。

串鮑、鰹と生姜の膾、湯豆腐、菜の汁物、焼き栗といったものを載せた膳を持った利休が現れると、秀吉は笑みを浮かべて迎えた。

「おう、待っていたぞ」

「お待たせしてしまい、申し訳ありませんでした」

「いや、突然、何も告げずにやってきたわしが悪い。そなたの作った飯と点てた茶が、急に恋しくなったのだ」

秀吉が悪びれもせずに言う。

「此度のこと、ご愁傷さまです」

「小一郎のことは無念だった。まさかわしより先に逝くとはな。これで様々な目論見（構想）も見直さねばならなくなった」

秀吉の顔が不安と悲しみに一瞬曇ったが、気を取り直したように言った。

「では、いただく」

秀吉が箸を取る。

「粗餐で申し訳ありません」

「気にするな。急なことなので、食材とてありあわせを用意するしかなかったであろう」

食事が終わると、秀吉は「うまかった」と言ってため息を漏らした。

「では、茶の支度をいたします」

本来なら客に中立させるのだが、この寒さだ。秀吉に外に出てくれとは言い難い。

「出ずともよいな」

利休の心を見抜くかのように、秀吉が言う。

「もちろんです。では、掛物や花を替えずともよろしいですね」

「ああ、構わん」

秀吉は次の間に控える少庵に膳を片付けさせると、自ら次の間に立ち、茶道具を運び込んだ。

「今更だが、二畳というのは実に狭いものだな」

秀吉が室内を見回しながら言う。

「一対一で対峙することに、茶の湯の本義はあります。それゆえ二畳が最適かと」

「かように張り詰めた空気の中で茶を喫しても、うまくはなかろう」

「それは心の持ちようというもの」

利休は二畳敷きの茶室を創案したが、必ずしも「茶室は狭きをよしとする」という考えに固執していたわけではなく、三畳も四畳半も使っていた。だが秀吉との真剣勝負に臨むこの日だけは、二畳を使いたかった。

茶釜から湯気が上がり始めた。気まずい雰囲気の中、利休はいつものように点前を始めた。

「かつてのわしは、そなたの言うことをすべて尤もと思っていた。そなたこそ、わが世を陰から支えられる唯一無二の男だと信じていたからな」

利休は黙って点前を続けた。

「しかし乱世は終わった。もはや武士たちの荒ぶる心を鎮める必要はなくなりつつある」

「茶の湯は不要と仰せになりたいのですか」

「そういうわけではないが、何事にも飽きるのは人の常であろう」

利休が命を懸けてきた茶の湯とは、秀吉にとってはその程度のものだったのだ。

だが利休は、その一言が切所になると心得ていた。

「殿下は何かに執心すると、身も心も捧げるほどになりますな」

「そういえばそうだな」

「近頃は茶の湯に代わって何にご執心しておられるのですか」

「そうだな――、今とくに好んでいるのは演能だ」

演能とは能を舞うことを言う。

雑説では聞いていたが、秀吉は能を舞うことに熱中し始めていた。

「演能は無我の境地に誘ってくれる。緊張を強いる茶の湯とは大違いだ」

秀吉が皮肉っぽい笑みを浮かべる。

「どうぞ」

利休が濃茶の入った黒楽を秀吉の前に置くと、秀吉はためらわず喫した。

「ああ、うまい。そなたの練った茶は絶品だ」

「ありがとうございます。これからもこの茶を喫しますか」

利休が一歩踏み込む。

「ふふふふ。そなたはいつも直截だな」

「茶人ですから、武士のように殿下のお気持ちを忖度(そんたく)することができません」

「よう言うわ。いかにもわが配下は、わしの顔色ばかり見ていて面白くない。その点、そなたはいつまでも変わらぬ。だがな、出すぎた者は邪魔になる」

「豊臣家の天下の邪魔になると仰せか」

「そうよ。そなたとわしは手を組んだ。現世の支配者はわしで、心の内の支配者はそなただ。そして、わしは現世で天下人となった。一方、そなたは茶の湯を天下に比類なき道楽（趣味）として、上は朝廷から下は民にまで浸透させた」

桃山時代は南蛮文化の到来、貨幣経済の広がり、商人の台頭といった事象が同時に起こり、豪華絢爛たる文化が花開いた。有徳人の間には道楽が浸透し、書、絵画、陶芸、連歌、立花、謡や奏楽、能、狂言が一斉に流行していった。だが政治と密着したことで、茶の湯が桃山文化を代表するものとなり、上は天皇から下は民衆まで、あらゆる人々が熱中するまでになった。

「だがそなたは、わが領分に侵食してきた。静々と音を立てずにな」

「いかにも。しかしそれは殿下の思し召しによるもの。私は命じられるままに諸侯の間を取り持ち、この世を静謐に導いてまいりました」

「静謐か。その静謐とやらが、わしの望むものでないにもかかわらず、そなたは陰に回って策動し、世を静謐に導こうとした。しかも今では、多くの弟子まで手中に収めた」

利休が敢然と反論する。

「手中に収めたとは心外です。わが武将弟子は、あくまで豊臣家中の者たち。茶の湯は道楽にすぎず、何を措いても豊臣家の命を奉じるのが彼らの仕事です」

「わしが死んでもか」

秀吉が一歩踏み込む。

武士は恩を直接受けた主人には忠節を尽くしても、代替わりすれば、その後継者には意外に薄情だ。

——殿下は不安なのだ。

かつて秀吉の周りは、心を許した家臣たちで溢れていた。だが独裁者となった今、秀吉は孤独になり、それが将来の不安に結び付いているのだ。

「どうだ利休、答えられまい。そなたは弟子たちに対し、いかに静謐が必要かを説き、わが死後、豊臣家でなく静謐に忠義を尽くすよう導いていくつもりだろう」

「たとえそうであっても、静謐こそ豊臣政権の安泰につながるのでは」

「いや、いまだわが武威に服しておらん者もいる。まだ文治に切り替えるわけにはいかん」

「しかし馬上天下を取った者は、馬上のままで天下を保つことはできません」

「何かの漢籍にあった言葉だな。わしにもそれくらいは分かる。だが辺土の逆徒を治めるには、いまだ武力が必要だ」

秀吉の瞳に武人の厳しさが宿る。それを見る度に、利休の胸奥の反発心が頭をもたげる。

「それは奥羽のことですか」

「そういうことだ」

「分かりました。では殿下が仰せになられる『辺土の逆徒』を、殿下の前にひれ伏させることができれば、奥羽への出兵を取りやめていただけますか」

「そなたが伊達の小僧を説き伏せるというのだな」

「いかにも」

しばし考えた末、秀吉が決然として言った。

「分かった。かの小僧に何の申し開きもさせず、わしの前で罪を認め、ひれ伏させることができれば、奥羽への出兵は取りやめてやる」

「ありがとうございます」

「だがな利休、そなたのできることは奥羽までだ」

「唐入りだけは、断じて行うと仰せですね」

「そうだ。わしは小一郎の遺言さえ足蹴にした。誰が何と言おうと、わしは明国を制し、この世のすべてを手に入れる」

秀吉の瞳には、狂気が宿っていた。

「どうしてさような無理をなさるのですか。総見院様は港だけを押さえるという目論見だったはず」

「それは分かっている。だがな——」

秀吉の顔に一瞬、寂しげな影が差す。

「わしもいつか死ぬ。まだ壮健なうちに、行けるところまで行ってみたいのだ」

——なんと、寿命か。つまり殿下は、自分がどこまでできるのか、どこまで運が強いのか試したいのだ。そのために万余の人々が死ぬことも厭わないというのか。

秀吉の心中を知った時、利休は天下人という生き物の恐ろしさを痛感した。

「では、どうしてもご翻意は叶いませんな」

「当たり前だ。もちろん――」

　一転して秀吉が満面に笑みを浮かべる。

「わしを殺せば話は別だ」

　秀吉の高笑いが二畳茶室の天井を震わせる。

「いかにも。しかし殿下はたった今、わが手で練った茶を何の躊躇もなく喫されました。それを見て、私が殿下を殺せないことをご存じだと察しました」

「さすがだな。わしを殺せば、天下は再び乱れる。困るのは、そなたら静謐を求める者たちだ」

「仰せの通り」

　利休が薄茶を点てると、秀吉は喉を鳴らして飲み干した。

「そなたの負けだ。もはや茶の湯に力はない」

　口端に茶を付けたまま秀吉が笑う。

「ということは、これでお役御免ですな」

「ああ、そうだ。かつて総見院様は『役に立たなくなったものは、物でも人でも捨てればよい』と仰せになっていた。わしもそう思う。しかもそなたは知りすぎた」

「ほほう。知りすぎたと――」

「そうだ。豊臣家中のことではない。そなたが知りすぎたのは、わしの心の内だ」

「なるほど。いかにも知りすぎましたな」

「誰でも心の内を見透かされるのは気分の悪いものだ。だがそなたは、わしのすべてを見透かした」

「傀儡子たる者、人形のすべてを知るのは当然のことではありませんか」

秀吉が高笑いする。

「ははは、傀儡子か。面白い。だがわしには、もはや傀儡子は要らん」

「それでは、何事もお一人でおやりになると仰せか」

「当たり前だ。わしは人形にも傀儡子にもなれるのだ」

利休が「ははあ」と感心する。

「見事な心構えです。それでこそ天下人。しかし傀儡子はたいへんな仕事ですぞ」

「分かっておる。だがわしは、もう思い通りに動きたいのだ」

あらゆるものから解放されたいという秀吉の気持ちも分からないではない。

「分かりました。では、私は退散いたしましょう」

「死んでくれるのだな」

「もはや死ぬ以外、ありますまい」

「隠居でもよいぞ」

「それでは万が一、殿下が先立たれた時、厄介なことになりましょう」

「尤もだ」

秀吉が首肯する。

「して、いかなる大義で死を賜りますか」

「それは、おいおい考える」

そう言うと秀吉は、「では、行く」と言って躙口に手を掛けた。

「殿下、一つだけ問うてもよろしいですか」

「何だ」

秀吉が、肩越しに疑り深そうな目を向ける。

「殿下の演能の師匠は、どなたでしたかな」

「暮松新九郎だ」

「あの金春流の猿楽の役者ですな」

「そうだが――」

「では、謡本書きはどなたで」

「御伽衆の大村由己だが、そなたはなぜ、さようなことを問うてくる」

秀吉の顔に疑問の色が浮かんだが、次の利休の一言で消え失せた。

「私も演能でも嗜もうと思いまして」

「何と！」

半身になっていた秀吉が、元の座に跳ぶように戻る。

「そなたは、その年で演能を習うと申すか」

「はい。いけませんか」

「実に面白き男だ。なぜさように思った」

「殿下が執心しているものなら面白いのではないかと」

「ははは、こいつはいい」

秀吉が膝を叩いて喜ぶ。二畳茶室なので、秀吉の生々しい口臭が利休の許まで漂ってくる。

「そなたは死ぬのだぞ。分かっておるのか」

「分かっておりますが、冥土の土産に演能でも覚え、わが極めた道を大村殿の手で謡本にでもしていただこうかと」

「ああ、そういうことか」

秀吉が膝を打つ。

「さすが当代随一の宗匠だ。演能を学び、自らの事績を謡本に残したいのだな」

秀吉の態度も言葉も、勝利者の余裕に満ちていた。

「はい。わが肉体は朽ち果てようと、舞と謡本は残ります」

「たいしたものよの」

「死を賜るまで、暮松殿と大村殿の許に通ってもよろしいでしょうか」

「ああ、構わん。それにしても自らの事績を能の謡本に残すというのは、なかなか面白い趣向よの」

「殿下も大村殿に依頼したらいかがですか」

「そうだな。そなたの謡本を読んでから決めよう」

「それがよろしいかと」

利休が平伏すると、秀吉が躙口に身を滑り込ませた。

「利休」と秀吉が呼び掛ける。

その小さな顔が躙口からのぞいている。それはまるで猿曳に入れられた檻の中から外をうかがう猿のようだ。

「それでも死んでもらうぞ。よいな」

「はい。一月も猶予をいただければ基本形はできますので、閏正月いっぱいいただければ十分です」

「よかろう。では、そなたが二月に死ねるよう取り計らっておく」

「ありがとうございます。豊臣家中への手本になるよう、腹の一つもかっさばいてみせましょう」

利休の一言に、秀吉が手を叩かんばかりに喜んだ。

「ああ、それがよい」

――殿下は本気にしておらんな。

紹安の言葉が脳裏によみがえる。

「武士は、その死に際の美しさで後世の評判が定まります。とくに切腹は武士の美学の到達点でしょう。つまり切腹という自裁の方法だけは独占しておきたいはず。それを武士以外の者が行えば、武家の棟梁を自任する殿下は不快になるに違いありません」

利休が腹を切ったと聞いた時の秀吉の怒る顔が、目に浮かぶ。

「それでは行く。もう二人で話す機会もないだろう」

「はい。名残惜しゅうございます」

利休が最後に強烈な皮肉を投げた。

「わしもだ。楽しかったぞ」

そう言うと、秀吉は呵々大笑しながら去っていった。

その笑い声が消えるまで平伏していた利休は、ようやく静寂が訪れたのを確かめてから顔を上げた。

――殿下、共に谷底へ身を投げましょうぞ。

胸奥から立ち上がる闘志の焔は、利休の身をも焼き尽くさんばかりになっていた。

## 十二

天正十九年（一五九一）は、正月と二月の間に閏月が存在する。つまり一年が十三カ月となる。

閏正月八日、秀吉は帰国した天正遣欧使節を聚楽第で引見した。この時、使節たちは秀吉の前で西洋音楽を奏でてみせた。これで秀吉が上機嫌になったと見たイエズス会東インド巡察使のヴァリニャーノは、インド副王の書状を秀吉に手渡した。それは布教の許しを請うものだったが、秀吉は伴天連（バテレン）追放令を取り下げることはなかった。

このことを聞いた利休は、信長の時代から秀吉の時代の初期にかけて、茶の湯と共に、この世を静謐に導ける可能性のあったキリスト教が、豊臣政権下ではよみがえることがないと覚った。そしてこのままいけば、茶の湯も二の舞を演じさせられると覚悟した。

閏正月の初め頃から、利休は暮松新九郎と大村由己の許に足繁く通っていた。

自らの人生を能の謡本にしてもらうというのが名目だが、本当の狙いはそこにはなかった。

そんな最中の閏正月中旬、蒲生氏郷が領国の会津から大坂に戻ってきた。葛西・大崎一揆の一件で秀吉に召喚されたのだ。

「少しおやつれになられたような」

利休の言葉に、氏郷が苦笑いを返す。

「会津に行ってから心労が重なり、少し前まで臥せっておりました」

「それは初耳です。それを押して、ここまでおいでになったのですね」

「はい。しかし、それがしの体調が芳しくないのは、殿下のお耳には入れたくないのです」

炭手前を行いつつ、利休が「なぜですか」と問う。

「それがしは体軀頑健なことから、殿下に寒冷地の大領を任されました。その期待を裏切るわけにはいきません」

——生真面目なお方だ。

　氏郷は何事に対しても真摯に向き合い、全力を尽くしてきた。その結果、会津九十二万石という大領を得た。

「蒲生殿が仰せのように、何事にも全力を尽くすことは大切です。しかし大きな身代を持てば厄介事は付き物。すべて己の手で片付けようとしたら、身が持ちません」

　氏郷が苦笑いを浮かべて言う。

「仰せの通りです。しかしそれがしには、こんな生き方しかできません」

「それは分かります。私もかような生き方しかできませんから」

　二人の笑いが茶室内に響く。

　点前を終えた利休が「どうぞ」と言って茶碗を置くと、「これは――」と言ったきり、氏郷が絶句した。

「織部殿からいただいた今様です」

「何と――」

「織部殿は己の侘を見つけました」

　利休が長次郎と織部から聞いた顛末を話す。

「これだけ奇妙に歪んでおっても、随分と持ちやすい」

「そうです。一見歪んでいるようでも、手の内に収まれば心地よい。さらに茶も喫しやすい。そうした美と利便性に折り合いを付けているところがよいのです」

利休は織部が長次郎に何度も焼き直させていた理由が、そこにあるのを知っていた。もしも美的感覚だけ考慮して歪ませていたら、実用性はなくなり、それは茶の湯における茶碗ではなく、ただの土くれとなる。

「織部殿が羨ましい」

氏郷がため息交じりに言う。

「大領の主となることよりも、かような境地に至りたい」

かつて同じ弟子として座を共にしていた氏郷と織部だが、一方の氏郷は九十一万石の太守となったが、織部は三千石のままだ。

「武士とは主人から厚い信頼を寄せられ、大領を賜るのが本望ではありませんか」

「いかにも。武士と生まれたからには、誰もが一国一城の主を目指します。しかしそれがしは百万石の封土(ほうど)を得るより、織部殿のように茶人として生き、己だけの侘を見つけたいのです」

「そこまで思い詰めておいでだったとは――」

利休には氏郷の気持ちも分かる。現世での大領など砂で造った城も同然であり、何ら心の内を満たしてくれるものではないからだ。

氏郷が苦笑いを漏らす。

「見知らぬ土地に封じられ、そのとたんに一揆征伐です。右も左も分からない上、伊達殿の真意を摑めず難渋しました」

「それはお気の毒。しかし蒲生殿の中では、伊達殿への誤解は解けたわけですね」

「はい。それを昨日、殿下にもお伝えしました」

「で、殿下は何と――」

「渋い顔をして、何も仰せになりませんでした」

利休には、その理由が分かっていた。

――意にそぐわないからだ。

秀吉は氏郷の愚直を愛してはいるが、秀吉の気持ちを察せられないことに、歯がゆさを感じているに違いない。

「殿下と会う前日、どなたか来られませんでしたか」

「はい。治部少輔殿が参られました。尊師はなぜそう思われたのですか」

「いや、何でもありません」

——そうか。三成は根回しで氏郷の許に行ったのだ。

しかし氏郷は、三成の真意を読めなかったに違いない。

「その時、政の話題は出ませんでしたか」

「そうですね。治部少輔殿は此度の一件でそれがしのことを持ち上げた末、『何事も殿下の意に沿うことが大切です』と申しておりました」

利休がため息をつく。

「尊師、それがしとて虚けではありません」

「これはご無礼仕った」

二人が笑い合う。

「治部少輔殿の真意は見抜いております。それがしに伊達殿を糾弾させ、伊達殿を改易に処したいのでしょう。それがしも伊達殿とは仲が悪く、その肚に一物あることも知っております。いかにも一揆の折は、裏に回って策動しておったかもしれません。しかし伊達殿が本気で一揆を討伐したのも事実。それがしは、それを正直に殿下に申し上げただけです」

「そうでしたか。これで道が開けました」

「道と――」

「はい。伊達殿を救い、奥州での戦乱が起こらぬようにする手立てです。伊達殿がいらした折は、何事も包み隠さず殿下に告げるよう勧めるつもりです」

「それは危うい。伊達殿は承服しませんぞ」

「しかし治部少輔のことです。伊達殿が乱を扇動していたという証拠か証人を摑んでおるはず」

利休が薄茶を点てると、茶碗を見回しながら氏郷が言う。

「此度は尊師好みの黒楽ですな」

「はい。この黒楽は、私が達したささやかな境地です」

「うまい」

氏郷は陶然とした顔で一服するや、真顔に戻って問うてきた。

「尊師、どうしても政とのかかわりをやめられませんか」

「はい。もはやこれは、私一個のことではありません」

「それは分かっております。しかし事は抜き差しならないところまで来ています。

伊達殿のことに関与するのは致し方ないとしても――」

「その後のことには、かかわらない方がよいと仰せですね」

「もちろんです。唐入りは、すでに決定されたことなのです」

氏郷が真摯な視線で訴える。

「唐入りが始まろうと、殿下の関心がなくなれば撤兵も早まります」

「それはそうですが、何か秘策でもお持ちなのですか」

「いいえ」

――今はそう答えるしかない。

たとえ氏郷であっても、利休は真意を明かさなかった。

「そうでしたか。それでは、なおさらご注意下さい」

「ありがとうございます。ときに――」

物思いをするように中空を見ていた氏郷の視線が、再び利休に据えられる。

「わが息子の少庵を会津にお連れいただけませんか」

氏郷が「あっ」という声を出す。

「ということは、いよいよご覚悟を決められたのですね」

氏郷の問いに、利休が他人事のように答える。

「すでに殿下から死を賜りました。後は、いかに意義のある死に方をするかです」

「しかし殿下は、それを見抜いておるはず」

「はい。『勝負はついた』と上機嫌で仰せでした。それでも――」

「秘策はやはりあるのですね」

利休はにやりとすると言った。

「少なくとも少庵には、会津の桜を見せてやりたいのです」

氏郷がため息をつく。

「しかと承りました」

二人の間に深い沈黙が垂れ込めた。

## 十三

その太り肉(じし)を持て余すように座していた男が箸を置いた。

「いかがですか」

「さすが大坂は天下の台所。たいへん美味でした」

料理の膳をほとんど平らげた毛利輝元が、手巾で口元を拭く。

「それにしても二畳というのは――」

「苦手ですか」

「はい。体が大きいもので」

輝元が照れ臭そうに苦笑する。

――そういえば、この御仁との一客の茶事は初めてだな。

大寄せでは何度か茶を点てているが、輝元との一客の茶事は初めてになる。

「侘とは、かようなものなのですね」

「いや、侘は茶室の大小ではありません」

「えっ、また分からなくなりました」

「茶の湯三昧の暮らしをしていれば、いつかは分かります」

「それができれば、苦労はないのですが」

少し雑談をした後、利休が「では、茶にしますか」と言って退室を促したので、輝元が「ご無礼仕る」と言って躙口から出ていった。

――かの御仁は賢者か愚者か。

西国の王の心中を、利休は推し量ってみた。

――おそらく愚者ではない。だが愚者を装うことが、百十二万石を守る術と心得ているのだ。

豊臣政権に臣従したとはいえ、かつて織田政権に盾突いて秀吉と干戈を交えたことのある毛利家としては、細心の注意を払っているのだろう。

――しかも、わしと殿下の蜜月は続いていると見ておるようだ。

輝元の言葉が秀吉に伝わる可能性を考えれば、黙っているに越したことはない。

やがて、中立を終えた輝元が茶室に再び入ってきた。この間に利休は、掛物を替え、炭を直し、瀬戸水指を持ち出して濃茶を練っておいた。花入は「尺八」を使い、水仙を一輪だけ入れておいた。

「これが大名物の珠光香炉ですか」

草庵茶にはそぐわないのだが、利休は珍しく名物の香炉を置いてみた。

「はい。ここのところ香炉は置かなかったのですが、今朝方思い立ち、使ってみました」

それについて輝元はとくに反応しない。どうやら作法は身に付けているものの、茶事や道具に関心はなさそうだ。

利休が濃茶の入った瀬戸茶碗を勧めると、輝元がゆっくりとそれを喫した。

「これまでは大寄せでしたので、宗匠の茶の味をじっくり味わえませんでしたが、こうして一客の茶事で味わう茶は格別ですな」

満足そうに微笑む輝元に、利休が問う。

「ときに毛利殿は、殿下の唐入りをいかが思われますか」

輝元の顔に緊張が走る。

「お立場上、見解を示せないのは重々承知しております」

「では、なぜ問われた」

それには答えず、利休が言う。

「毛利殿は戦を好まぬと聞いております」

「戦を好むのは、功に飢えている一騎駆けの者だけです」

「ご尤も。では百十二万石の太守として望むものは、この世の静謐ですね」

「もちろんです」

「それは幸い。では戦を好まず、静謐を望んでおられるということは、唐入りに同意していないと考えてもよろしいですね」

「それは、ちと乱暴では――」

輝元が鼻白む。

「毛利殿のお考えは承知しております。ただ知っておいていただきたいのは、黒田殿も細川殿も、唐入りには異を唱えています。徳川殿や前田殿も同じ考えです」

「そうした雑説はよく耳にします」

「では、皆様方がこぞって異を唱えた時、毛利殿はいかがなされますか」

輝元が沈黙する。まだ利休のことを疑っているのだ。

「徳川殿や前田殿と異なり、西国に大領を持つ毛利殿は、真っ先に渡海させられますぞ」

「もちろん、そのような陣立てをいただいております」

「では、渡海した後、殿下の気が変わり、『やめた』となった時、どうなさるおつもりか」

「さようなことはないでしょう」

「では、毛利殿が朝鮮国にいる時、殿下がご病気になるか、お亡くなりになったらいかがいたしますか」

　輝元のこめかみから汗が流れる。

　ようやくこの茶事の目的を覚ったのだ。

「仮の話に、お答えするつもりはありません」

「分かりました。それで結構です。ただ先々は何があるか分かりません。徳川殿、前田殿、黒田殿、細川殿といった家中の重鎮がこぞって異を唱えた時は――」

「分かっております」

　輝元が額の汗を拭う。

　――これでよい。

　いざという時には輝元も協力してくれることを、利休は確信した。

「薄茶を喫しますか」

「いや、もう結構。この後に所用もありますので、これにてご無礼仕る」

「そうでしたか。またいらして下さい」

　それには何も答えず、輝元が躙口から出ていった。

# 十四

閏正月十五日、大坂にいる利休の許に衝撃的な一報が入った。大徳寺の古渓宗陳の許に譴責使（けんせきし）が派遣されたというのだ。譴責使は、徳川家康、前田利家、細川忠興といった錚々（そうそう）たる面々で、容易ならざる事態だと察せられた。

使者によると、利休に関係することで宗陳は譴責されたという。

――来たか。

秀吉本人か三成の発案かは分からないが、秀吉が利休を抹殺すべく、最初の一手を打ってきたに違いない。

――だが、大徳寺を巻き込むとは思わなかった。

秀吉の思惑が、どこにあるのかは分からない。だが秀吉自身が信奉し、尊重してきた大徳寺を巻き込んだということは、考えに考えた末に絞り出された一手に違いない。

この知らせを十八日に受け取った利休は、すぐさま京に向かい、二十二日に大徳寺で古渓宗陳と相対することができた。

「此度のことは全くの寝耳に水！」

利休が待つ方丈に現れた宗陳が開口一番、不快をあらわにする。

「住持、まずは順を追って、お話しいただけませんか」

「それもそうですな」

宗陳によると、天正十七年（一五八九）の末頃、利休の出資により大徳寺の山門・金毛閣の二階部分を造営し、その感謝の意を込めて、大徳寺側が利休の木像を金毛閣に飾った。

翌年、大檀那（おおだんな）となった利休が大徳寺を訪問した折、宗陳の案内で、その木像を見せてもらったことがある。木像は金毛閣の楼上に飾られていた。

そのまま一年近くは何事もなく過ぎたが、閏正月に入り、大坂から奉行衆の下役がやってきて、金毛閣を検分したいというので見せてやった。すると数日後、家康ら譴責使が入り、こう言ったという。

「金毛閣は勅使も通る場所。それを足下に見下ろす楼上に自らの像を置くなど、不僭上の極み」

宗陳が憤怒をあらわに続ける。

「あの像は宗匠が望んだものではなく、拙僧が作らせ、拙僧の一存で、あそこに飾ったと言ってやりました。すると徳川殿は、『仰せのことは分かりましたので、追って沙汰いたします』と大儀そうに言いました」

家康が、やりたくもない仕事を引き受けさせられたのは明らかだった。

「しかし前田殿が、『宗匠も承知のことか』と問うので、『今は承知のこととはいえ、こちらが勝手にしたこと』と答えました」

——それでは、わしが知っていたことになる。

それが事実なのだから仕方がないが、楼上の木像の存在を知った時に「下ろしてくれ」と言わなかったことで、利休にも罪が及ぶことになる。

「このことは、拙僧が一山の長として執り行ったこと。大徳寺の諸老はもとより、宗匠には何の罪もないと言ってやりました」

「ありがとうございます」

利休には、そう言うしかない。

「いかなる沙汰が下されるかは分かりませんが、この身に災いが降りかかるのは覚悟の上。しかし大檀那の宗匠に累が及ばぬようにせねばなりません」

――それは無理だ。

秀吉の狙いは利休を糾弾することであり、宗陳はついでなのだ。

「私の方こそ迂闊でした。まさか貴山を巻き込むことになるとは――」

宗陳が秀長の葬儀の導師を担ったとはいえ、それは秀長の遺言にあったからで、天正寺建立の一件で、秀吉は宗陳を快く思っていなかった。それゆえ心の内の支配者の利休と、宗教界の頂点にいる宗陳を、同時に葬り去ろうとしているに違いない。

――それは治部少輔にとっても利のある話だ。

豊臣政権の中枢を担う三成にとって、法の支配の邪魔になるのが、利休と武将弟子たち組織内組織と、大徳寺を中心とした宗教界なのだ。

――つまり双頭の大蛇の首を取ることで、胴の部分を従わせるということか。

利休と宗陳を同時に失脚させられれば、豊臣政権に盾突く者はいなくなる。

利休が苦笑する。

「宗匠は、何がおかしいので」

「それは――」と言って利休は、宗陳にからくりを説明してやった。

宗陳の瞳が怒りに燃える。

「つまり石田殿ら奉行衆は、われらを見せしめにすることで、われらに続く者たちをひれ伏させようというのですか」

「はい。これからは奉行衆の定めた法により、この世のすべてを一元的に支配するということです」

だが利休は三成の立場も理解していた。組織内組織などというものを放置しておけば、秀吉の死後、一大勢力（派閥）になりかねないからだ。

「それでは、われらはどうなるのでしょう」

「住持は、いずこかの地に流されるやもしれませんが、命までは取られないはず」

「では宗匠は――」

利休が口辺にわずかな笑みを浮かべた。

「ま、まさか――」

「どのような沙汰が下ろうと、覚悟はできております」

利休は威儀を正して頭を下げた。

# 十五

閏正月二十四日、伏見にいた家康が上洛してきたと聞いた利休は、多忙で断られると思いつつも茶事に誘ってみた。だが意外にも家康は申し出を受け容れ、その日の夜、利休の聚楽屋敷にやってきた。

「風が強いのか、松籟（しょうらい）がやけにうるさい夜ですな」

家康が赤楽の「木守（きまもり）」を手に取る。

老境に入った利休が愛用した「木守」は、木守柿から取られた名で、来年の実りを祈念して一つだけ残された柿を意味している。そのたたずまいが、冬の風に吹かれる木守柿のように寂しげであることから、利休自ら名付けた。

「本来なら松籟は耳に心地よいものです。しかし冬から初春にかけての風は強すぎます」

「いかにも」と答えつつ、家康が濃茶を喫した。

「いつもながら、喩（たと）えようもなく美味」

「ありがとうございます。激しい松籟の中でも、茶の味は変わりません」

家康がにやりとする。どのように周囲が騒がしかろうと、利休は利休でしかないという寓意が、家康にも通じたのだ。

「宗匠も、いろいろ気苦労が多いようですね」

「まあ、それが生きるということでしょう」

「生きるというのは辛いことです」

「内府もそうですか」

「木守」を置くと家康がしんみりと言った。

「長く生きていると、門葉（一族）から家中まで、守らねばならぬものが増えていきます」

「とくに武門のお方は、そうでしょうな」

「宗匠には守るべきものは少ないと——」

薄茶の支度に掛かりながら利休が言う。

「いいえ。多すぎます」

家康が気の毒そうに言う。

「宗匠は、何もかも際限なく守ろうとしておりますからな」

「己の身を除いては――」

家康の顔が引き締まる。

「やはり、覚悟はできておられるのですね」

「もちろんです。だが、無駄には死にません」

「つまり、かの御仁を抱いて谷底に身を投げると――」

松籟の音が激しくなり、二人の間に沈黙が漂う。

「此度の唐入りの件、内府はいかにお考えですか」

利休が話題を転じた。

「懸案は、やはりそのことですな」

眼前に置かれた黒楽「鉢開(はちびらき)」の中の茶の渦を見ながら、家康がため息をつく。

「もはや止めることはできませんか」

「殿下を止めることは、何人たりともできないでしょう」

「では、失敗に終わらせることは――」

家康の射るような視線が利休に向けられる。

「それがしは知りませんな」

「しかし内府も渡海させられるのですぞ」

家康が笑みを浮かべながら、わずかに首を左右に振った。

――そうだったのか。そこまでは気づかなかった。

家康は秀吉の唐入りに反対しない代わりに、渡海しないで済むよう取り引きしていたのだ。

「さすがですな」

「長年、この仕事をやってきているのです。それがしのように才覚のない者でも、それくらいの知恵は回ります」

家康が含みのある笑みを浮かべる。

「では、肥前名護屋で高みの見物と」

「はい。殿下の周りに侍り、話し相手をすることになります」

「それはそれで気苦労の多いことですな」

「いかにも。しかし家中の者どもを無駄に死なすよりはましです」

家康が薄茶を喫する。

──この御仁は、やはり食えぬお方だ。

「では、お力を貸してはいただけませんね」

「いやいや、それがしとて此度の件は憂慮しております。すでに幾度となく諫言をしておりますが、向後も折を見ていたします」

それが、どこまで本音だかは分からない。

「人というのは──」

利休がため息交じりに言う。

「力を持ってしまうと、何も見えなくなるものなのですか」

「仰せの通り。右府様もそうでした」

秀吉が信長と同じ破滅の道を歩んでいることは、家康にも感じ取れるのだ。

「人には、挫折が必要なのでしょうか」

「はい。しかし武家は、一度挫折してしまうと、たとえ生き残れたとしても這い上がれないのも事実。挫折しないに越したことはありません」

家康が苦笑いを浮かべる。挫折の多かった己のことを自嘲しているのだろう。

「内府、最後に一つだけ問わせて下さい」

「何なりと――」

「殿下の死後、どなたが天下を預かるかは分かりませんが、この世は静謐になるのでしょうか」

しばし考えた末、家康が言う。

「宗匠の代わりとなる者が、大坂の者どもの荒ぶる心を鎮めてくれるなら、困難ではありません」

――つまり徳川殿が天下人となった時、わしの代わりを誰かが務めねばならぬのだ。

利休の死後、その者には大坂城内の者たちを抑え、戦わずして天下人の座を譲渡していくという困難な仕事が待ち受けている。

むろんそれを担えるのは、古田織部以外にいない。

――それがいかに苦労多きことか。

その時、織部の苦悶する顔が、利休にはありありと思い描けた。

「奥州の荒夷殿が来られるようですな」

家康が話題を転じる。荒夷とは伊達政宗のことだ。

「殿下は明日、尾張への里帰りも兼ねて熱田神宮に赴くとか」

「はい。鶴松様のご加減がよくないので、その平癒を祈願すべく下向すると、聞いております」

「それがしは、殿下の代わりに京の守りに就きます。宗匠はいかがなされますか」

「格別の沙汰がない限り、茶頭なので殿下に随伴することになります」

これまでもそうだったが、いつ何時、茶事になるか分からないので、茶頭は秀吉の行くところに随伴することが義務付けられていた。

「では、荒夷殿とも再会なさるのですね」

「はい。まずは奥羽のことを片付けねばなりませんから」

「いかにも。唐入りを控えている今、奥羽のことは迷惑この上なきことです」

――何が言いたい。

家康の言には何か含みがあった。

「内府には、何かお考えがおありで」

「いいえ。ただ、もしもの時はご助力せねばならないと思っております」

「つまり内府としては、殿下を東国に近づけたくないと――」

「はい。それが東国の民にも、豊臣政権にもよきことです」

――つまり互いに利害が一致したということか。

利休は安堵した。

「承知しました。その場が来ましたら何卒――」

「分かっております」

松籟が依然として激しく聞こえる中、二人の男は視線を交わした。

## 十六

閏正月二十六日、荒夷がやってきた。その行列は三千にも及び、徒士(かち)にまで派手な格好をさせている。荒夷すなわち伊達政宗が、秀吉に無言の抗議をしているのは明らかだった。

「何を考えておるのだ」

「あれで奇を衒っているつもりか」

「しょせん鄙人のやることよ」

出迎えの列に並んだ者たちが囁く。

ないか。

――かの御仁は若い。これでは豊臣政権に叛意をあらわにしているのと同じではないか。

利休は前途の多難を思った。

出迎えの列の中に利休の姿を認めたのか、政宗は行列を止めると馬から下りた。

「宗匠、お出迎え、かたじけない！」

政宗が手を取らんばかりに親愛の情を示す。

「何ほどのこともありません。それよりもご家中の姿が目立ちすぎるかと――」

「それは分かっておるのだが、このくらいしないと、鄙人と馬鹿にされる」

――それは逆だろう。

そう思ったが、利休はそのことには触れず、政宗を誘った。

「長い旅路、お疲れでござろう。せめて茶でも点てさせて下さい」

「それはありがたい」と言って、政宗の日焼けした顔が笑み崩れた。

利休は、事前に知己である清須商人の数寄屋を借り受けていた。そこに政宗を案内し、まずは茶を点ててやった。

「うまい。これぞ京の味！」

濃茶を喫した政宗が、その片目を輝かせる。

「それは何より。昨年穫れた宇治の茶ですが、それでもご満足いただけましたか」

まだ新茶の季節には三カ月ほど早く、利休は昨年の茶葉を持ってきていた。

「もちろん。かように美味な茶を飲めるとは幸い」

政宗は物見遊山にでも来たようなことを言う。

――明日にも腹を切らされるやもしれぬのに、豪胆なことよ。

「ときに此度のことですが――」

利休が本題に入ろうとすると、政宗が即座に反応した。

「全く身に覚えのないこと！」

政宗がきっぱりと言う。

「では、それを殿下の前で仰せになれますか」

「はい。堂々と言ってみせようぞ」

「では、そうなされよ。それなら何も申し上げることはありません」

利休が給仕に入る。それが意外だったのか、政宗が問う。

「宗匠は何かご存じか」

「何も存じません」

「ではなぜ、さようなことを問う。わが身を案じておるのか」

利休が言下に突き放す。

「伊達殿の身など、私の知るところではありません。ただ、さように軽々しいことを殿下の前で言われるなら、伊達殿は斬首となり、領国は焦土と化すでしょう」

政宗が唇を震わせる。何か言いたいが、どう言うべきか迷っているのだ。

「よろしいか」

利休が穏やかな声音で言う。

「豊臣家の奉行どもを甘く見てはいけません。しらを切った上で証拠を突き付けられたら、いかがなされるつもりか」

「証拠などない」

「そう言いきれますか」

政宗が口をつぐむ。

――やはり、出していたのだな。

おそらく政宗は、一揆を煽る書状や回し文を出していたのだろう。むろん「それを見た後、焼くように」とでも書き添えていたのかもしれない。だがそうしなかった者がいるのは、こうした際の常でもある。

「もう一度、お尋ねしますが、証拠はないと言い切れますか」

政宗がため息をつく。

「やはり、そうでしたか。事ここに至れば、洗いざらい殿下に申し上げ、許しを請うのです」

「さようなことができようか」

政宗の顔が苦悶に歪む。

「いかに心を込めて謝罪しても、伊達殿の首は落とされましょう。しかし家中と領民は赦免されるやもしれません」

「それでは北条と同じではないか」

「そうです。それが嫌だと仰せですか」

政宗が息をのむような顔をする。

「自ら切り取った領国を取り上げられた無念は分かります。しかし伊達殿は、ちとやりすぎました。その償いはせねばなりません」

「しかし――」

「家中と領民のために首を献上するご覚悟が、伊達殿にはおありか」

政宗の額には汗が浮かんでいる。

「おありなら、この老人が間に立ちます。万に一つですが、その首と伊達家を守れるかもしれません」

「そ、それは真か」

政宗が、藁にもすがらんばかりの顔をする。

「もちろんお約束はできません」

「ああ――、どうせそんなことだろうと思った」

政宗が肩を落とす。

「しかし、やるだけのことはやってみましょう」

政宗が苦悶をあらわにして言う。

「いいだろう。わが身をそなたに預けよう」

「正直に罪を認め、謝罪できますな」

「ああ、この頭でよければ、いくらでも下げてやる」

政宗が顔を上げる。その一つだけの目は爛々と輝いていた。

——これでよい。

結果はどうなるか分からない。だが利休は、手応えらしきものを感じていた。

政宗との一客の茶事が終わった後、利休は家僕に家康への伝言を託した。

## 十七

群臣が居並ぶ清須城の大広間の中央で平伏するのは、白装束の伊達政宗だ。

その状態で小半刻ばかり経った時、ようやく秀吉が現れた。背後には三成ら奉行衆と小姓が続く。

険しい顔で座に就いた秀吉が開口一番言った。

「小僧、わいらをなめるにゃーよ！」

秀吉が使ったのは尾張言葉だ。

「そぎゃーなことで、誤魔化せると思うたら、とんだまちげえだぞ」

　政宗は微動だにせず平伏している。

「おい、どした。何か言わにゃー、その首を落としちゃーぞ」

「伊達殿」と家康が水を向ける。

「此度の命令の趣意はご存じのはず。何か弁明の儀があれば、申し述べた方がよろしいですぞ」

「はっ」と言って、政宗が顔を上げる。

「何なりと申し述べるがよい」

　常の言葉に戻った秀吉が、慈悲深い眼差しを注ぐ。

「此度のこと――、一揆どもを扇動したのはそれがしに候」

「えっ」と言って三成ら奉行衆が瞠目（どうもく）する。どうやら三成の胸には証拠の回し文があるらしく、それを出そうと懐に手を突っ込んだまま動作が止まった。意表を突かれたのは秀吉も同じで、唖然として言葉はない。

「それについては、深くお詫びいたします」

　政宗が青畳に額を擦り付ける。

「ど、どうしてさようなことをした」

秀吉が威厳を取り繕いつつ問う。

「大崎と葛西の後に入部した木村父子の苛斂誅求が厳しく、それがしの許に泣きついてくる領民が後を絶たなかったのです。それを見るに忍びず、たとえわが身が処断されようと、木村父子を改易に処せるならと思い、領民に年貢を納めぬよう命じました」

秀吉が厳しい目を向ける。

「そなたは、城に籠もった一部の一揆を討ち取ったではないか」

「それは、彼奴らが『抗議の謂での年貢不納は構わんが、武器を取って戦ってはならん』というわが命を奉じず、勝手に戦いを始めたからです」

とは言っても、年貢不納をして小競り合いにならない方がおかしい。

三成が決めつける。

「殿下、伊達殿は、しらを切るために領民を殺したにすぎません」

「それは違います。葛西・大崎の領民たちに年貢不納を勧めたのは事実ですが、彼奴らはわが制止を聞かず、武装蜂起に至ったのです」

秀吉の金壺眼が鋭く光る。

「いずれにせよ死罪は免れんな」

その言葉により、大広間は凍りついた。

――そろそろだな。

末席でやり取りを聞いていた利休は、時機が来たのを覚った。

「お待ち下さい」

「誰だ――。なんだ利休か」

「はい。申し上げたき儀がございます」

三成が膝を扇子で叩くと言った。

「茶人の出る幕ではない！」

「いや、私は殿下の命により、伊達殿の手筋となっております」

「伊達殿の手筋はそなたではない。浅野殿だ」

この時、浅野長吉は蒲生氏郷の許にいる。

「それは表向きのこと。内々の手筋は仰せつかっております」

「佐吉、もうよい」

秀吉が三成を制する。

「利休、申し述べるがよい」

秀吉は諸将の前で鷹揚(おうよう)な態度を示したいためか、利休の発言を許した。

「はっ、此度の一件、確かに一揆どもを煽った罪が重いのは間違いありません。しかしながら伊達殿の統治が行き届いていたがゆえ、領民たちは、その命に従ったのではありませんか」

改易に処された大崎・葛西両氏は伊達傘下の国人なので、それぞれの領国も伊達領と言っていい。

秀吉が鋭い視線を向ける。

「それは分かるが、朝廷が認めた豊臣公儀に対し、あからさまに反旗を翻したのも事実ではないか」

「いかにも。しかしながら伊達殿の統治手腕は見事であり、それに倣うことが奥羽の静謐につながるのではありませんか」

「それは屁理屈だ」

秀吉が鼻で笑う。

「いえ、奥羽は未開の地です。そこに鎌倉時代から根を張ってきた伊達家は、豊臣家中にとって頼もしい味方です。それを取りつぶしてしまわれるなど百害あって一利なし。しかもわれらには、唐土を制するという大仕事が待っております。あたら奥羽ごときで兵を損じるのもどうかと。いっそのこと伊達殿に忠節を示してもらうべく、渡海していただいたらいかがでしょう」

唐入りは、西国大名が中心となって行うことになっていた。それをあえて伊達家にも行かせようというのが、利休の提案だった。これは後に実現し、政宗は兵を引き連れて渡海することになる。

その時、「殿下」と言って発言を求めたのは家康だった。

「宗匠の話にも一理あると思います。いまだ奥羽は治まらず、いつ何時一揆が起きてもおかしくない有様。しかし伊達殿なら、古くからの伝手によって一揆を扇動することも抑えることもできます。ここは、もう一度だけ機会を与えてもよろしいのではないでしょうか」

家康としては東国を蹂躙されるのは迷惑なだけで、秀吉の関心を唐入りに向けさせたいのだ。

「内府もそう思うか」

「はい。これも天下人としての度量を示すよき機会かと」

秀吉が扇子を差し上げると、その先端で利休を指した。

「利休よ、この小僧に何か言い含めたな」

「何を仰せか。私は誠心誠意を持って真を話すよう説いただけです」

「いや、何か入れ知恵したに相違ない」

「何を入れ知恵したというのです。伊達殿は真を話しただけではありませんか」

大広間に緊迫した空気が漂う。

「お待ち下さい」と三成が発言を求める。

「伊達殿が天下に弓を引いたのは歴然。それを許していては、豊臣家の法がないがしろにされます」

「分かっておる。だが今は一兵たりとも損じたくないのだ。小僧！」

「はっ」

「そなたの正直さに免じ、此度だけは許してやる」

「ありがたきお言葉！」

「その代わり、そなたを渡海軍に組み入れる」

「承知仕りました！」

それで政宗の赦免が決まった。

もしも唐入りがなかったら、奥羽は豊臣軍に蹂躪されるところだった。

――これで奥羽は安泰だ。

利休は次なる仕事に掛かろうとしていた。

## 十八

この頃から秀吉の演能への傾倒が激しくなる。利休が自らの生涯を謡本に仕立てようとしていると聞いた秀吉は、矢も楯もたまらず大村由己を呼び出し、自らの事績の謡本化を先にするよう命じた。もちろん由己に否はない。早速、由己は「明智討」を書き上げた。

「明智討」に能役者の暮松新九郎が舞をつけたので、秀吉はその舞を懸命に稽古した。それは一心不乱を通り越し、鬼気迫るものだった。

二月十日の深夜、利休が京屋敷で書状を書いていると、庭に人の気配がした。一瞬、「盗賊の類か」とも思ったが、現れたのはノ貫だった。

ノ貫は相変わらずぼろをまとい、掘り出したばかりの長芋のように薄汚れた顔をしていた。

「また、塀を乗り越えてきたのか」

「ああ、こんな夜中に取次に頼むのも面倒だからな」

片足を引きずっている上、利休と同年代なのだが、なぜかノ貫は身軽だった。

「上がって酒でも飲むか」

「そうだな。でも草鞋を脱ぐのが面倒なので、広縁にしよう」

利休は自ら台所に立つと、酒肴の支度をして広縁まで運んだ。すでにノ貫は広縁に座し、見えているのか見えていないのか分からない目で月を眺めている。その肩はなだらかで、背中は肩甲骨の輪郭が分かるほど骨ばっていた。

――随分と小さくなったな。

利休同様、ノ貫にも老いが迫っていた。

「ノ貫よ、いよいよ、われらも手仕舞いだな」

「ああ、われらの時代は終わった」

丿貫の盃に酒を注ぐと、丿貫はうれしそうに飲み干した。

「久々の酒に胃の腑が喜んでおるわい」

「今日は何用だ。まさか、わしと月を見るために来たのではあるまい」

「それも悪くないが、用もないのに、山科からここまで歩いてくる者もおるまい」

「それもそうだ。ということは、いろいろ聞いておるな」

「ああ、山科にいると、聞きたくなくても様々な雑説が入ってくる。京と東国を行き来する知り合いが、わしのところで一休みしていくんでな」

北野大茶湯で名を成した丿貫は、次第に知己が多くなり、京の東の玄関とも言える山科の地に庵を構えていることから、丿貫の茶を飲んでから京に入る東国の数寄者が多くいた。

「何か助言でもあるのか」

「助言か」と言って笑った後、丿貫が真顔で言った。

「もはや覚悟ができているとは思うが、隠遁すれば猿に殺されずとも済むのではないか」

「何もかも捨て、おぬしのような隠者になれと言うのか」

「そうだ。飯にありつけん日もあるが、世の中のしがらみから脱して生きられる」

「面白そうだな」

「そうだろう。何もかも捨てるんだ。これほど気楽なものはないぞ」

ノ貫の言葉には、利休への思いやりが溢れていた。

「わしのことを案じてくれていたのだな」

「まあ、そういうことだ。昔からのなじみだし、おぬしがおらぬと――」

ノ貫が寂しそうな笑みを浮かべる。

「つまらなくなる」

「どうしてだ。わしのような生き方を、おぬしは嫌っていたではないか」

「ああ、嫌っていたさ。だがな、おぬしの役割も分かってきた。おぬしは権力に巣くい、それを思うままに操ろうとした。わしとは真逆の生き方だが、それはそれで大切な仕事だ」

ノ貫が自嘲的な笑みを漏らす。

「利休よ、若い頃に道を違えたわれらだが、こうしてみると、わしは己のためだけに生きてきた。だがおぬしは、己のために生きてこなかった。だからこそ死が訪れるまでの何年かを、己のために生きさせようと思うてな」

「いかにも、おぬしの生き方は羨ましい。茶の道を究めるためには、おぬしのような清貧になり、心を清めることが必要だ」

「そうだ。さすればまた新たな境地に至れる」

「新たな境地か。わしのような老人が、そうしたものに至れるだろうか」

「至れるさ。今からでも遅くはない。わしと一緒に山科に行こう。隠遁者になれば、猿もおぬしのことを忘れてくれる」

　利休が首を左右に振る。

「それは叶わぬことだ」

「何を申すか。おぬしはやるだけのことをやった。もう猿の面倒を見ないでもよいはずだ」

「猿の面倒か」

　利休が声を上げて笑う。

「そうだ。もう最後の仕掛けは済んだのだろう」

それが何なのかはノ貫にも分からないはずだ。だがノ貫は利休の周到さを熟知している。

「まあな。ひとまずは済んだが、これで十分な手が打てたかどうかは分からん」

「おぬしが十分だと言うなら、もはや打つ手はないだろう」

「ああ、多分な。だが出兵までは止められないだろう」

「そうなのか。だったらなおさら、もうよいではないか」

「いや、ぎりぎりまでやれることをやっておきたい」

ノ貫がため息を漏らす。

「おぬしは相変わらずの頑固者だな」

「ほかに取り柄もないからな」

「では、これ以上、何を言っても無駄だな」

「すまぬがそういうことだ」

ノ貫は酒を飲み干すと、視線で利休を促した。利休も苦笑いしながら盃を空にした。

「利休よ、わしの言いたいことはそれだけだ」

「わざわざここまで来てもらって、すまなかった」

「いや、こういうことになるとは思っていた。どのみち、おぬしと今生（こんじょう）最後の酒を飲みたかったので、ここまで来た甲斐があったというものよ」

ノ貫は歯の抜けた口を大きく開けて高笑いすると、広縁から飛び降りた。

「ノ貫、恩に着るぞ」

「その必要はない。ではまた――」

そう言い掛けたところで、ノ貫が言葉を変えた。

「次は冥土で会うことになりそうだな」

「ああ、冥土では互いに点てた茶を飲もう」

「そうだな。それがよい」

ノ貫は闇に消える寸前、振り向くと言った。

「さらばだ」

「ああ、さらばだ――、友よ」

ノ貫の姿が闇に溶け込んでいった。

利休の最後の言葉を、ノ貫が聞いていたかどうかは分からない。だが聞こえずとも、ノ貫の心には届いているに違いない。

利休は一人、月を眺めながら、ノ貫と過ごした若き日々に思いを馳せた。

# 十九

二月十三日の午後、利休は聚楽屋敷で、能楽師の暮松新九郎から送られてきた書状を読んでいた。そこには当たり障りのないような時候の挨拶の中に、「殿下が能十番の習得を始められました」と書かれていた。

能十番とは「松風」「老松」「三輪」「定家」といった古くから伝わる名作能十番で、これらの舞の手をすべて覚えるのは、並大抵のことではない。遂には暮松新九郎だけでは稽古が行き届かず、金春大夫八郎や観世大夫左近といった当代の名人まで呼ばれ、三人がかりで稽古をつけているという。

また大村由己からも書状が届き、秀吉の話を聞きながら複数の新作能を書き上げたという。

――これでよい。

秀吉の能への傾倒は急速だった。

——殿下は何事にも執心する。茶の湯には冷めても、能を舞えば体は熱くなる。

飽きっぽい秀吉の心が、いつかは茶の湯から離れていくのは分かっていた。それでも秀吉は利休の提案する様々な趣向に気を取られ、随分と長く茶の湯に執心した。だがそれにも限界がある。

——となれば、別の何かに引き寄せればよいだけだ。

利休は自らが能に惹かれていくように見せかけることで、秀吉を能に連れ込んだ。

——殿下、そのうち唐入りへの関心が薄れ、現世のことなど、どうでもよくなります。

己と茶の湯が秀吉にとって邪魔になり始めたのを、利休は感じていた。しかし関心をつなぎ止めることよりも、秀吉を能の海に溺れさせる方が得策なのだ。

その時、家僕が駆けつけてきて、殿下の使者が来たと知らせた。

——遂に来たか。

利休が着替えて使者の待つ間に入ると、二人の使者が堅い顔つきで座していた。富田知信と柘植(つげ)与一という奉行の下役たちだ。彼らが何を告げに来たかは、その強張った顔を見れば明らかだった。

時候の挨拶を済ませると、使者がおもむろに言った。

「殿下の命により、堺の屋敷で蟄居謹慎していただきます」

「ほほう。その理由は何ですか」

「ただ蟄居謹慎とだけ告げろと、上役から命じられました」

「どなたからですか」

富田知信と柘植与一が口を閉ざす。

問わずとも、それが石田三成なのは分かっている。

「罪名も告げられず屋敷に引き籠もれと言われても、おいそれとはできかねます」

その言葉に二人は顔を見合わせた。どう対応してよいか分からないのだ。

――だが、かような小人どもを困らせたところで何にもならぬ。

利休は威儀を正すと、笑みを浮かべて言った。

「いかなる罪科かは知りませんが、追って沙汰があると信じ、この場は堺に向かいましょう」

二人が安堵したように肩の力を抜く。

「では、用意してきた駕籠に乗っていただきます」

家僕に手伝わせて着替えを済ませた利休が表口に出て見ると、大ぶりの古駕籠が待っていた。

――まさか、罪人駕籠か。

それは、罪を犯した高位の者を移送する際に使われる駕籠だった。

利休が駕籠に身を入れると、外で金具をはめる音がした。

――錠前か。七十の翁が逃げ出すとでもいうのか。

もちろん三成あたりが、利休を不快にさせるために命じたに違いない。

やがて駕籠が動き出した。駕籠は表門を出ると南に向かった。

淀の舟入が近づいてくる頃には、日もかなり西に傾いてきていた。駕籠の連子格子から差す西日が、駕籠の中の陰影をはっきりさせる。

駕籠が動く度にその陰影が揺れるのを、利休は美しいと思った。

――死が迫っていても、美しいものを美しいと感じる心を持てるのか。いや、死が近づいているからこそ、心が研ぎ澄まされてきたのだ。

死という最大の出来事を目前に控え、心の内にある感覚が全力で覚醒してきているのが感じられる。

その時、駕籠が突然下ろされた。続いて錠前をいじる音がする。

戸が開けられると、富田と柘植が左右から抱くようにして、利休を駕籠から引き出した。

「ここで小休止を取っていただきます」

「すみません」と答えて背を伸ばそうとすると、傍らに立つ二人の男に気づいた。

二人が、かぶっていた菅笠（すげがさ）を取る。

「尊師――」

「参りましたぞ」

西日を背にして立つ二人の顔はよく見えないが、その声だけで、利休には誰なのか分かった。

「古田殿と細川殿か」

待っていたのは古田織部と細川忠興だった。

「よくぞ――」

感無量で言葉が続かない。

蟄居謹慎を言い渡された者は、外部との接触を禁じられる。そのため利休は、もう二度と弟子たちに会えないものと思っていた。それでも秀吉や奉行を恐れることなく、二人は来てくれたのだ。

「尊師、こちらへ」

舟入で舟を待つ人々のためにある茶室の縁台に、利休は導かれた。

「かような場しかなく申し訳ありません」

「なんの、罪人にとっては格別の待遇です」

利休が皮肉を言うと、二人は気まずい笑みを浮かべた。

導かれるままに、その朱色の毛氈（もうせん）の敷かれた座に利休が腰掛けると、二人が対面に座った。

「此度のことは――」

忠興が言葉に詰まる。

「もうよいのです。来るべき時が来ただけです」

「しかし、あまりに――」

「与一郎殿、その後の言葉を言ってはなりません」

利休が険しい顔で制する。

「尊師」と言って織部が唇を噛む。

「われらも手を尽くしたのですが、殿下は会ってくれず、石田ら奉行も取り合ってくれません」

「そうでしたか。お二人のご尽力に感謝いたします」

「尊師」と忠興が身を乗り出す。

「殿下に詫び状を書いてはくれませんか」

「何を詫びろというのです」

「詫びることなどないのは分かっています。それなら詫び状でなくても構いません。向後は隠居し、一切から身を引くと書いていただけませんか」

「隠居できなかったのは、殿下の茶頭だったためです。私人としてはすでに隠居し、商家の仕事は少庵に任せています」

「それはそうですが――」

忠興が肩を落とす。

「では、茶頭を返上するとしたらいかがでしょう」

「茶頭などというものは、正式な職ではありません。私の顔が見たくないなら、呼ばなければよいだけです」

忠興がため息を漏らす。

「どうしても、お聞き届けいただけませんか」

「お二人のお気持ちには感謝しております。しかし、それだけはできません」

織部が沈痛な面持ちで言う。

「すでに覚悟はできておられるのですね」

「もとより」

「分かりました。もはや何も申し上げることはありません。殿下は――」

織部が言葉を切ると続けた。

「演能に夢中になっておられます」

「そうでしたか。何事にも執心するのはよきことです」

利休が微笑むと、織部も意味ありげにうなずいた。

そこに、ちょうど富田と柘植がやってきた。

「そろそろ、よろしいですかな」

「しばしお待ちを」

利休は懐から筆と短冊を取り出すと、さらさらと何かを書いて忠興に渡した。

そこには辞世ではないが、歌が一首したためられていた。

おもひやれ　都をいでて　今夜(こよい)しも　よどのわたりの　月の舟路を

「尊師、ありがとうございました」

「こちらこそお世話になりました。お二人のことは決して忘れません」

利休は立ち上がると、駕籠に向かった。

「お二人とも、いつまでもお元気で。精進を忘れず」

そう言って利休が駕籠の中に入ると、再び錠前をかける音がした。

利休の乗る駕籠はそのまま舟に乗せられ、淀川を下っていった。

## 二十

二月十三日の深更、堺の屋敷に着いた利休は風呂に入り、りきの手になる食事を取り、ようやく人心地ついた。

「もう、春か」

居間から庭を眺めると、梅の花は満開になり、風に温かさが感じられる。

「あなた様がおらぬ間に、蕾が開き始め、梅は満開になりました。もうすぐ散り始めます」

給仕をしながら、りきが明るく言う。

「若い頃を思い出すな。三入師匠の家の梅は、枝ぶりが実によかった」

「あの頃のことを、まだ覚えておいでで」

りきは観世流小鼓師の宮王三入の妻だった。

「うむ。忘れるはずがあるまい。鼓を習っていると、そなたが茶と菓子を運んできてくれた。梅の木を背にしたそなたは――」

利休が恥ずかしげに言う。

「実に美しかった」

「まあ」と言って、りきが頰を赤らめる。

「あの頃、師匠の家は人の出入りが多くて、そなたもたいへんだったな」

「そういえば、お弟子さんが多い日など、あなた様がお手伝い下さいましたね」

「そうだったな。そなたの後を追って台所に行き、共に餅や餡を練った」

「そこまでやらせましたか」

「わしがやりたいと言ったのだ。そなたと少しでも一緒にいたくてな」

「そうだったんですね」

袖を口元にあて、りきが笑う。

「りき、腕まくりして餅をこねるそなたは眩しかった。かような女がわが妻であったらと、幾度となく思ったものだ」

「それは気づかず、ご無礼仕りました」

「あの日々は帰ってこなくても、われら二人の胸の内にある」

「その通りです」

利休が鼓の稽古で三入の家に通っていた頃の回想に、二人はふけった。

「三入が倒れた時は、あなた様のお世話になりました」

三入は突然、倒れて意識を失い、数日後に帰らぬ人になった。その間、利休は堺を駆け回り、次々と医者を引っ張ってきた。

「あの時のことは忘れません」

「人として当然のことをしたまでだ」

「そして、私を拾って下さいました」

「何を言う。心から好いていたから、『一緒になろう』と申したまでだ」

一時的にりきを妾にした後、利休も先妻を亡くしたことで、二人が夫婦になるのに何の支障もなくなった。

「楽しい日々でしたね」

「ああ、懐かしいな」

二人が笑い合う。

「でも、あなた様は行ってしまわれた」

「天下人の許へか」

「はい。私の知る宗易様ではなく、利休様となりました」

「ははは、名を変えてもわしはわしだ」

風が吹き、梅の花を庭に散らせる。

「桜は美しすぎる。梅のように、ほどよく美しい方がよい」

「以前は、よくそう仰せでしたが、殿下の黄金の茶室を見てからは、お考えが変わられたのかと思いました」

「ああ、つい最近までそうだった。しかしな――」

利休がため息をつく。

「桜も黄金も、年ふりた身にはこたえる」

利休の言葉に、りきが笑う。

「りきよ、二人で長い道を歩いてきたな」

「ええ、長く満ち足りた道のりでした」

「そう言ってくれるか」

行灯に照らされたりきの頬に、一筋の涙が流れる。

「もちろんです。楽しいことも辛いことも幸せのうちです」

「そうか。さように考えればよいのだな。いつもりきは教えてくれる」

「教えるだなんて。私など、つまらぬ一人の女です」

「だから好いておるのよ」

それを聞いたりきの瞳から、涙が溢れた。

「でも、あなた様は行ってしまわれる。もう帰ってこない」

「ああ、ここからは一人で歩いていく」

「りきも連れていって下さい」

「それはいかん。だが、いつかまた会える」

思い余ったように、りきが身を寄せてきた。そっと利休が抱き寄せると、利休の胸に顔を埋めるようにして、りきが嗚咽を漏らした。

「あなた様は、いつまでもりきの心の中におられます」

「ああ、そうだ。これからも、ずっとそなたと一緒だ」

その時、庭から吹き寄せられた梅の花びらが一片、二人のいる座敷に舞い落ちた。

――この梅の花も、蕾から花になり、枝を離れて風に乗り、ここに行き着いた。そして朽ちていくのを待つだけだ。

利休にとって、このまま隠居して安穏無事な老後を送るということは、朽ち果てていくことと同義だった。それなら、まだ「力囲希咄（力が漲っている）」としているうちに、自ら命を絶つべきだと思った。

「りきよ、生々流転という言葉を知っておるか」

「はい。生きとし生ける者は、生を得た瞬間から変化していくという謂ですね」

「そうだ。人の生涯は生々流転だ。この肉体が消え失せようと、心はずっと生きていく」

「はい。りきが死した後も、あなた様はずっと生き続けます」

その瞬間、利休は永劫の命を得た気がした。

——わしは生き続けるのか。

利休は、なぜか自らが死した後のことが楽しみになってきた。


堺の屋敷に戻ってから、利休はりきと身を寄せ合うようにして時を過ごした。この間、京では利休の助命嘆願が、様々な人々によって行われていた。

とくに秀吉の母の大政所（おおまんどころ）、秀吉の妻の北政所、そして秀長の未亡人から助命を嘆願された秀吉は、「詫び言があれば考えてもよい」というところまできた。むろん何かを詫びろというのではなく、形式的に秀吉の威に服すという態度を取ればよいだけだ。

早速、堺の利休屋敷まで使者が走り、「至急、詫び言の上洛をされたし」と伝えたが、利休は「天下に名を顕(あらわ)した私が、命が惜しいからといって、御女中方を頼むというのは無念です。たとえ御誅伐されてもやむを得ません」と返した。

これにより、利休の死は定まった。

二十五日、聚楽第の大門に近い一条戻橋で、利休の木像が磔にされた。大徳寺の山門・金毛閣に飾られていた例の木像だ。

この時、木像の下に高札が掲げられた。そこに書かれていたのは利休が蟄居謹慎させられた理由で、大徳寺の山門に木像を置いたことと、茶道具の目利きや売買を私利私欲で行ったこと、すなわち「売僧(まいす)の所業」が挙げられていた。

同日、秀吉の使者が来て、利休に京に戻るよう告げてきた。利休はりきを伴い、聚楽屋敷に入った。

すると、たまたま上洛していた上杉景勝率いる三千の兵が屋敷を取り囲んだ。利休と縁の薄い上杉勢に取り囲まれたのは、利休の死が確実になったことを示唆していた。

二月二十八日、この日は朝から風が強く、水気を含んだ黒雲が低く垂れ込めていた。午後になると突然、霰が降り始め、やがてそれは雷雨に変わった。

蒔田淡路守、尼子三郎左衛門、安威摂津守の上使一行を迎えた利休は、顔色一つ変えず、申し渡しを聞いた。

蒔田が沙汰状を読み上げる。

「――よって、死罪に処す」

表向きの理由は、大徳寺山門の木像の件と「売僧の所業」である。

それを悠揚迫らざる態度で聞いていた利休は、一言「承りました」とだけ答えた。

蒔田が苦しげな顔で問う。

「このまま刑場にお連れしてもよろしいですか」

「つまり斬首ですね」

蒔田が言いにくそうに言う。

「そういうことになります」

「それでは趣向がありません」

「えっ、趣向と仰せか」

「はい。今生最後に見る風景が、さような殺伐としたものでは、この目が不憫でございます。できますれば――」

利休がにこやかに三人を見回す。

「わが草庵でお三方に茶を点てた後、腹を切るという趣向ではいかがでしょう」

しばし顔を見合わせていた三人だが、答えは出ない。言うまでもなく、それが秀吉の意にそぐわなければ、己の身にも火の粉が降り掛かるからだ。

しばし考えた末、蒔田が思い切るように言った。

「その趣向で構いません」

「蒔田殿、それは――」

二人が顔を見合わせたが、蒔田は決然と言い切った。

「それがしが、すべての責めを負います」

その一言に二人もうなずく。

利休は笑みを浮かべると、「では、こちらへ」と言って不審庵へと三人を導いた。

――わしの肉体は朽ちても、茶の湯は生き続ける。

弾むような気持ちで、利休は一歩一歩進んでいった。

その先に待つのは、死ではなく希望だった。

利休が切腹して果てた後、血の海に横たわる夫の体の上に、りきはおろしたての白小袖を掛けてやった。

三人の検使役は、利休の遺骸とりきに一礼すると、その場から去っていった。

しばしの間、利休と二人で過ごしたりきは、遺骸に向かって「後のことは案じず、ゆっくりお休み下さい」と声を掛けると、家僕を呼んだ。

利休の死は、ほとんど取り沙汰されなかった。すでに利休が秀吉に対して影響力を失っているのは周知の事実であり、過去の人のように思う者もいたからだ。

一方、秀吉は蒔田らから報告を受けると、一瞬、顔を強張らせた後、「大儀」とだけ言った。

利休の死後、秀吉は何もかも忘れたいかのように演能にのめり込んだ。そして慶長三年（一五九八）、病没した。

かくして、絢爛豪華な美を競い合った安土桃山時代は終わりを告げた。

利休が追い求めた静謐は、豊臣家を滅ぼした徳川家康によって実現し、人々は戦乱のない世を謳歌することになる。

# 文庫特別収録・著者インタビュー　現代人が千利休から学べること

## 満を持しての勝負球

――この度『茶聖』が文庫化されました。単行本は二〇二〇年二月の刊行ですが、かなり反響があったようですね。

「そうなんです。正直、僕自身が驚くほどでした。本作では、利休は社会を変えるような新しい価値を生み出した人物、イノベーションを起こした人物として描いています。ここに一つの茶碗があったとします。これを茶碗として使うとしたら、数百円の価値しかありません。しかし美術品として評価した場合、億円クラスの値がつけられることもあり得ます。つまり何に価値を見出すかが重要なのです。これが評価経済です。その評価を下すのが権威者の利休であり、その権威を保証しているのが権力者の秀吉という構造です。つまり利休こそ、貨幣経済から評価経済への先鞭をつけた人物なのです。こうした点を評価してもらったのか、歴史小説ファンだけでなく、ビジネス界からの反響も大きかったですね」

——伊東さんが千利休を題材とするのは二度目です。前作『天下人の茶』は、弟子や豊臣秀吉の視点から利休像に迫った連作短編集でした。

「利休は多面的な人物なので、本人視点では描きにくいところがあります。これは織田信長や西郷隆盛にも共通する点です。だから、見る人によって結ぶ像が違うんです。そうしたことを考慮し、当初は多視点の連作短編として『天下人の茶』を書きました。しかし利休視点でないがゆえの隔靴搔痒感を読者が抱いたのも確かです。それで真正面から利休を描こうと思ったわけです。つまり『天下人の茶』以上に利休の本質に迫るべく、彼の考えていることや願っていたことを利休視点で描いた作品が『茶聖』になります」

——政治を操るフィクサー、人間の欲望を熟知した経済人、類い稀な芸術家……たしかに並はずれた振れ幅を持つ人物ですね。

「利休の多面性は語り尽くせないですね。堺の商人というその出自からして、武将たちとは全く異質の人物でした。実業家であり起業家であり、堺の利益を守る組合長でもあるというビジネス面もさることながら、それらとは真逆のアーティストとしての側面を持ち、なおかつ政治家的な側面まで兼ね備えたレオナルド・ダ・ヴィンチのような人物だったと思います」

――『天下人の茶』でも描かれましたが、秀吉が利休に黄金の茶室を披露する場面は今作でもハイライトの一つだと感じました。

「黄金の茶室と聞くと、けばけばしいイメージが浮かびますよね。しかし黄金というのは、光の当て具合によっては侘を感じさせるんです。静岡県熱海市のMOA美術館に黄金の茶室が復元されているので、ぜひ行ってみてください。光の当て具合がよいので、沈んだ黄金の色の美しさが際立っています。朱色の毛氈や障子とのコントラストも侘を感じさせます。これは写真では、なかなか分かりません。たとえ侘を感じなかったとしても、利休には利休の、秀吉には秀吉の侘があるわけで、侘の本質に気づき、黄金の輝きによって利休を圧倒した秀吉の凄みを、黄金の茶室は感じさせてくれます」

## 危うい均衡の中での心理戦

――茶室という密室の中で繰り広げられる利休と秀吉のヒリヒリするような心理戦が、本作の大きな読みどころです。

「それがこの作品の核となる部分です。当初、利休と秀吉の二人は表裏を成す補完的関係を保ち、現実世界の覇者と精神世界の大宗匠という役回りでした。つまり権力と権威を両立させていたんです。しかし二人の関係は次第に齟齬を来し、最後には抜き差しならない対立を生みます。秀吉は黄金の茶室によって利休を克服し、利休の権威を侵食し始めます。一方の利休は静謐、いわゆる平和を維持していくために現実世界のカリスマとしても君臨し始めます。例えば、利休七哲と呼ばれる武将弟子たちには軍事力があり、彼らが結束することで、豊臣家と徳川家に次ぐ第三勢力を形成し始めます。『そんな大げさな』と思われるかもしれませんが、当時の史料でも、秀吉がこの第三勢力を警戒していた

――本作では利休の商人としての顔にも光が当てられています。

「堺という商業都市を代表する商人の一人というのが、利休本来の顔です。よく誤解されるのですが、僕は利休を理想主義者や平和主義者として描いていません。彼や彼の仲間は商人ですから、商売をしてもうけたいんです。平和でなければ、人は生きるのに精いっぱいで、堺が扱うような贅沢品を買おうとしませんよね。また当時は戦国大名が群雄割拠しており、国境には関所が設けられ、そこでは関税を徴収されていました。そんな状態では、何かを運んで遠隔地で売ろうとしても、何回も関税を取られ、遠くに行けば行くほど高価になってしまいます。それを防ぐには天下を統一してもらい、物流費を下げてもらうしかありません。だから堺商人たちは信長や秀吉といった天下人を財政的に支援し、平和な世の中を作らせようとしたわけです」

――なるほど。そこは元経営コンサルタントで、実体経済に明るい伊東さんならではの視点ですね。

「僕にはビジネスマン出身という強みはありますが、大切なのは常に学ぶ姿勢です。いくつになっても学ぶ姿勢を持ち、新たなものにも拒否反応を示さないことが、作家としての心得だと思っています。例えば歴史を経済面から学ぶことは大切です。経済という側面を小説の中に反映させていくのは、小説が人間を描くものである限り、難しいかもしれません。それでも読者に『面白い』と言ってもらえるものを書くのが、プロというものです。作家には、こうしたチャレンジが常に必要なのです」

――徳川の世になると、領地を奪い合う時代から、平和の中での繁栄を志す時代へと転換していきます。利休の発想はそれを先取りしていたとも言えますでしょうか。

「戦国大名というのは、敵の領地を分捕って豊かになろうとするわけですから、常にゼロサムゲームを行っています。しかし新たな価値を生み出さないので、いずれゼロサムゲームは行き詰まります。信長が賢いのは、それに気づいて交易によってゼロサムゲームから脱しようとしたことです。ところが秀吉は、それが分かっていながら元来の見栄っ張りな性格から土地を求めます。それでも利休がいるうちは、価値の創造を理解していました。しかし利休との関係が冷えきることで、時代に逆行するようにゼロサムゲームに戻ります。その結果、文禄・慶長の役のような無駄なことをやってしまうのです。そこで費やした資金を、河川の付け替えによる洪水の防止、灌漑や新田開発といった民生事業、また銭貨の鋳造といった経済を活性化させる事業に回していれば、豊臣家の天下は続いていただけでなく、民の末端に至るまで豊かな生活を享受できたはずです。家康はそれが分かっていたので、政権が長続きしたわけです」

――今のお話はロシアのウクライナ侵攻も想起させます。

「残念ながら、世界には歴史から学ばない指導者がいます。それが今のウクライナの悲劇を生んでいます。堺屋太一さんの言葉に『若者は海を渡れ、老人は川をさかのぼり、収穫を若者に渡す』といったニュアンスのものがあります。つまり海外へと雄飛していく若者たちに歴史から学んだものを渡していくことが、われわれシニア層の使命でもあるのです。幸いにして日本史には、多くの学びがあります。それを少しでも役立つ形にリファインし、若者に伝えていくことが、私の使命だと思っています」

――茶の湯には、ほかの効果もありますね。

「茶の湯にはセラピーのような効果があり、人の心を落ち着かせます。それを知った秀吉は、茶の湯によって武将たちの荒ぶる心を抑え、下剋上をなくそうとしたわけです。もちろん利休がそれを教えたんでしょうね。大切なのは『吾唯足るを知る』です。それぞれが現状に満足し、野心を鎮められれば、競い合ったりいがみ合ったりする必要もなくなります。これは私たちが生きる現代社会にも通じます」

――「吾唯足るを知る」とはよい言葉ですね。それを体現していたのが丿貫ですね。

「その通りです。本作には多数の脇役が登場しますが、とくに丿貫は利休の対極にいる人物として重要です。彼は茶の湯を政治には近づけず、自己完結した侘を見出し、山間の閑居で朽ち果てるのを待つように生きています。それもまた茶人の生き方の一つです。だからこそ利休と丿貫は、互いに認め合う友人でいられたのだと思います。ちなみに丿貫は実在の人物で、利休と同じ武野紹鷗門下だったというところまでは史実です」

――もう一人、脇役として利休の弟子の山上宗二が際立っていますね。宗二は自らの感情に負け、凄惨な最期を迎えます。あの場面のイメージは強烈でした。

「憎悪、嫌悪、侮蔑といった感情を抑えられなかった宗二には、あのような最期しかなかったでしょうね。イソップ童話の『北風と太陽』にある通り、自分の感情をぶちまけたところで、相手は言うことを聞きません。利休のように繊細な手綱さばきで、秀吉を思うような方向に導いていくのが大人の駆け引きです。拙著『国を蹴った男』所収の短編に『天に唾して』という作品があります。こちらは、宗二視点で彼の心中に肉薄した内容になっていますので、ぜひお読み下さい」

## 対話で社会を変えていく

――利休は、武と武の衝突が繰り返される時代の中で、徹底して対話による解決にこだわった人物ともいえますね。

「茶の湯はコミュニケーションを基本とした文化で、『一視同仁』という言葉にもあるように、茶室では互いの立場を超えて自分の意見を言い合えます。茶道具の話題から政治の議論まで、茶室での話題は多岐にわたっていたはずです。しかも狭い密室ですから、独特の親近感や同志意識のようなものが育まれたのではないかと思います。だからこそ利休は、茶の湯によって秀吉を自分の望む方向に導けると思ったわけです」

――茶室の中では天下人にも物申せる。思えば不思議な文化ですね。

「戦国時代には、和歌会や連歌会などコミュニケーションを基本とした文化はほかにもありますが、政治と背中合わせの文化は茶の湯だけです。利休以前の茶の湯は俗世と切り離された、いわば聖だけの文化でした。しかし利休はあえて茶の湯を政治の世界、いわゆる俗に持ち込んだのです。これにより『聖俗一如』を実現し、茶の湯が世の中を動かすことのできる唯一の文化となるわけです」

――現代社会の課題を考える上で、利休から学べる部分は非常に多いと感じました。

「歴史は学びの宝庫ですが、戦国時代において利休ほど学べる人間はいません。その商才はもとより、深慮遠謀やアーティストとしての才能まで、利休は一個の人間とは思えないほどマルチな才能を発揮しています」

## 今後の作品

――近年は近現代物も多く書いていらっしゃいます。かつての伊東さんは戦国物のイメージが強かったですよね。

「ここ最近は、逆に戦国時代から江戸時代初期を舞台にした作品を立て続けに書いています。まず『天下大乱』で関ヶ原の戦いを、その後に『家康と淀殿』という大坂の陣を舞台にした作品を執筆しています。さらに島原・天草の乱をクライマックスにした『デウスの城』の連載も始まりました。もうこれ以上は、戦国時代から江戸時代初期で書くべき題材はありませんので、今後は現代社会への警鐘となるような作品を書いていきたいですね。とくにウクライナ戦争は、私自身大きな衝撃を受けました。また日本は二〇二五年に戦後八十年を迎えます。そうしたことから、これからは近現代を舞台にした作品を書いていきたいですね。というのも、令和と昭和の間に平成が挟まったこともあり、戦後昭和まで歴史小説の守備範囲になったように感じるのです。それまで戦後昭和と言えば、とくにシニア層にとっては生々しい記憶を伴うものでしたが、令和となった今、様々な新解釈や裏話としての人間ドラマを、物語として描いていける状況になったと思うのです」

――ご自身の作風を「本格歴史小説」と表現されていますね。

「近年の歴史小説に多いのは、歴史の流れを後景にして、架空の人物や若い頃のことが不明な人物を前景に置いて自由に動かすという手法です。それに対して僕は、政治の中心にいる人物を、歴史解釈力とストーリーテリング力を両輪にして、正面から描いてきました。これからも、こうした作風や方針を変えずに書いていくつもりです」

――なるほど。ただ変えられない大きな流れはありますよね。

「その通りです。歴史ファン＝歴史小説ファンではないわけですし、時代によって読者の嗜好も変わります。そうしたことを見据え、新しいと感じてもらえる作品を書いていきます。時代に合わせたトランスフォームを繰り返すことで、作品はロングライフを得ることになるので、そのあたりはしっかり対処していきます」

――今後のキャリアについてはどんなビジョンをお持ちでしょうか。

「小説家としての野望は、歴史小説によって古代から現代までの通史を完成させることです。出発点は蘇我馬子を描いた『覇王の神殿』。それ以降の歴史上の大きなトピックを、新解釈をふんだんに盛り込んだ小説で埋めていって、最終的に現代まで行きつければいいなと。また、これから海外に雄飛していく若者たちの役に立つ作品を書き残したいですね。というのも今後は、国際社会との融合がさらに進みます。そんな時代だからこそ、日本人としてのアイデンティティが重要です。日本人であることを忘れないためにも、若者には日本の歴史から学んでもらいたいのです。そのためであれば、私はいくらでも川をさかのぼりますよ（笑）」

【聞き手／瀬木広哉（編集者、ライター）】

# 【茶道具等一覧（道具別）】

## ［茶碗］

### 白鷺

長次郎作の代表的な赤楽茶碗で、形状はやや細長く優美。枯れ寂びた赤色と釉薬の白が、得も言われぬ風情を醸し出している。

### 禿

長次郎作の代表的な黒楽茶碗で「利休七種茶碗（長次郎七種茶碗）」の一つ。利休が常に所持していたことから、太夫（遊女）の側近くに仕える禿（遊廓に住む童女）になぞらえての命名とされる。

### 井戸茶碗

李朝時代の高麗茶碗。朝顔のように開いた形状、枇杷色の釉薬、鮫肌状の手触りなどが特色。室町時代の格付けでは唐物より上位に置かれた。

### 早船

「利休七種茶碗」の一つ。長次郎作の赤楽茶碗。利休が茶会の際に「早船で取り寄せた」と言ったため、この銘になったとされる。後に蒲生氏郷が所有。

### 無一物

長次郎による赤楽茶碗の代表作の一つ。現代では黒楽の名碗・大黒と共に、利休の侘茶を体現する茶碗の双璧とされている。これほどのものは二つとしてないことから、無一物と命名されたと伝わる。

### 木守

木守りとは来年の豊作を祈り、一つだけ樹上に残した柿の実。利休がこの赤楽の一碗だけは弟子に与えず、自身が愛玩したからなど、命名の由来には諸説ある。

### 鉢開

「利休七種茶碗」のうちの黒楽の一つ。托鉢僧の持つ鉢に似た形状から命名されたと伝わる。

### 釈迦

長次郎作の黒楽茶碗の逸品。利休、秀吉、家康と所有者が変転し、紀州徳川家に所蔵され、現代まで残った。

### 検校

「利休七種茶碗」のうちの赤楽の一つ。検校は盲目の僧侶の最上位であり、この茶碗が最上位に位置することを表すために、利休自ら命名したとされる。

### 狂言袴

利休も所有した高麗青磁の逸品。狂言師の袴に文様が似ていることから、利休の手を離れた後に小堀遠州が命名したとされる。

### 大黒

「利休七種茶碗」の一つに数えられる、長次郎作の大ぶりな黒楽茶碗。利休没後は、変転の後に鴻池家へ。

## ［茶入］

### 初花肩衝

楢柴・新田と並ぶ「天下三肩衝」の一つ。中国・南宋時代の作。日本に伝来する前は楊貴妃の油壺だったという。東山御物の一つで、春の訪れを告げる初花のように、清新な美しさをたたえていることから、足利義政が命名したと伝わる。

### 朱衣肩衝

武野紹鷗が所有していたとされる大名物の漢作茶入。後に徳川家所有、さらに幕府から薩摩藩に下賜。赤みを帯びた釉の流れが僧侶の朱衣の裾に似ていることからの命名とされる。

### 新田肩衝

漢作の肩衝茶入。天下三肩衝の一つ。村田珠光が所有したのち、信長、大友宗麟、秀吉を経て徳川家の所有となる。大坂の陣で破砕するが、徳川家が修復し、現在まで伝わる。命名の由来は不明だが、一説に新田義貞が所有していたからといわれる。

### 楢柴肩衝

釉薬が濃いアメ色のため、「恋」にかけ、万葉集の古歌「御狩する狩場の小野の楢柴の汝はまさで恋ぞまされる」から命名されたと伝わる。島井宗室から秋月種実に譲られ、後に秀吉に献上されるが、その死に際して家康に譲られた。明暦の大火で破損し、修復されたものの所在不明となる。

### 似茄子

九十九髪、珠光、本茄子と共に「天下四茄子茶入」の一つとされ、九十九髪茄子と評価額が似ていることから命名されたといわれる。宣教師の記録によると、大友宗麟が現在価値の約二億円で購入したとあり、その珍重ぶりがしのばれる。

### 尻膨

利休が所有した唐物の名物茶入。なで肩で、胴から尻に近づくにつれ膨れていく形状から命名されたと伝わる。

### 鴫肩衝

聚楽第で秀吉が茶会を開いた際、利休が天目茶碗と鴫肩衝の間に野菊を挟む演出を行ったことで有名な肩衝。大坂城落城後、宝蔵跡から出土した茶道具の一つで、家康の所有となった後、尾張徳川家初代義直に下賜され、その遺品として、三代将軍徳川家光に献上された。

## ［茶壺］

### 四十石

茶が七斤入る大型の茶壺。足利義政の家臣が、四十石の米を産出する土地と交換で入手したことから、義政が命名したとされる。

### 松花

唐渡りの茶壺。松嶋・三日月と並ぶ「天下三名壺」の一つ。珠光、信長、秀吉を経て尾張徳川家の所蔵となる。

### 捨子

室町時代の名茶壺の一つ。足利義政が初めてこの壺に対面した際、無銘（名無し）と知り、「さては捨て子か」と言ったことからの命名とされる。

### 橋立

利休が愛用した七斤入りの茶壺。もともとは丹後国で発見されたため、天橋立にちなんで命名されたという。

## ［書画］

### 圜悟の墨蹟

中国・宋時代の禅僧・圜悟の墨蹟（筆跡）。一休禅師から村田珠光に圜悟の墨蹟が授けられたことから、茶席の床の間に墨蹟を飾る習慣が始まったとされる。

### 虚堂禅師の墨蹟

中国・南宋の禅僧・虚堂智愚の墨蹟。虚堂智愚に師事した南浦紹明が大徳寺に伝えたという。

### 東陽徳輝の墨蹟

中国・元時代の禅僧・東陽徳輝の墨蹟。東陽徳輝は中国・禅院の規則である『百丈清規』を編纂した高僧として知られる。

### 霊昭女図

中国・唐代の禅学者・霊昭女が手付きの竹籠を売り歩き、一家の家計を支えた故事を描いた禅画で、爾来、茶道では手付きの竹籠（花入）を霊昭女とも呼ぶ。

### 玉澗・遠浦帰帆図

中国・南宋の画僧・玉澗による洞庭湖の山水図（墨絵）。遠浦帰帆は「瀟湘八景図」の画題の一つ。足利義政が八景図を八幅の掛物にしたとされる。

## ［花入・水指・香炉］

### 園城寺

竹製の花入。小田原合戦の際、従軍した利休が伊豆韮山の竹で作り、義理の息子・少庵に与えたとされる。

### 尺八

竹製の花入。小田原合戦の際、従軍した利休が伊豆韮山の竹で作り、秀吉に献上したとされる。

### 信楽の水指

茶碗をすすいだり釜に水を足したりと、茶道に不可欠な水指に信楽焼を初めて使ったのは村田珠光とされ、以後、侘茶の必需品になった。

### 珠光香炉

村田珠光所有の「珠光名物」の一つ。利休は信長主宰の相国寺茶会にこの香炉を持参し、喜んだ信長から蘭奢待を下賜された。

## 【主要参考文献】

『千利休』村井康彦　講談社
『千利休「天下一」の茶人』田中仙堂　宮帯出版社
『茶道の歴史』桑田忠親　講談社
『図説　千利休――その人と芸術』村井康彦　河出書房新社
『千利休の「わび」とはなにか』神津朝夫　ＫＡＤＯＫＡＷＡ
『必携　千利休事典』世界文化社
『図解　茶の湯人物案内』八尾嘉男　淡交社
『茶人　豊臣秀吉』矢部良明　角川書店
『秀吉の智略「北野大茶湯」大検証』竹内順一、矢野環、田中秀隆、中村修也　淡交社
『山上宗二記　付　茶話指月集』熊倉功夫校註　岩波書店
『新訂　古田織部の世界』久野治　鳥影社
『利休七哲・宗旦四天王』村井康彦　淡交社

『へうげもの　古田織部伝――数寄の天下を獲った武将』桑田忠親、矢部誠一郎監修　ダイヤモンド社
『古田織部の世界』宮下玄覇　宮帯出版社
『千利休より古田織部へ』久野治　鳥影社
『高山右近』海老沢有道　吉川弘文館
『茶道と十字架』増渕宗一　角川学芸出版
『高山右近　キリシタン大名への新視点』中西裕樹編　宮帯出版社
『蒲生氏郷　―おもひきや人の行方ぞ定めなき―』藤田達生　ミネルヴァ書房
『利休入門』木村宗慎　新潮社

各都道府県の自治体史、論文・論説、展示会図録、事典類、ムック本等の記載は省略いたします。また参考文献が多岐にわたるため、茶の湯関連だけの記載にとどめさせていただきます。

【謝辞】

本書は茶道家の木村宗慎氏のご協力をなくして書き上げることはできませんでした。茶事の作法をはじめ、当時の茶の文化に対し多大なるアドバイスをいただきました。この場を借りて、木村氏に謝意を表したいと思います。

本作は二〇二〇年二月小社より刊行された作品を
文庫化にあたり二分冊したものです。

# 茶聖（下）

伊東潤

令和4年6月10日　初版発行

発行人――石原正康
編集人――高部真人
発行所――株式会社幻冬舎
〒151-0051東京都渋谷区千駄ヶ谷4-9-7
電話　03(5411)6222(営業)
　　　03(5411)6211(編集)
公式HP　https://www.gentosha.co.jp/
印刷・製本―中央精版印刷株式会社
装丁者――高橋雅之

検印廃止
万一、落丁乱丁のある場合は送料小社負担でお取替致します。小社宛にお送り下さい。


幻冬舎時代小説文庫

ISBN978-4-344-43198-0　C0193　い-68-4

この本に関するご意見・ご感想は、下記アンケートフォームからお寄せください。
https://www.gentosha.co.jp/e/